KB054047

페미니스트까진 아니지만

페미니스트까진 아니지만

명확히 설명 안 되는 불편함에 대하여

박은지 지음

생각정거장

글 쓰는 고양이 집사
혹은 글 쓰는 페미니스트

얼마 전에 몇몇 기자들이 모이는 자리에 갔다가 스티커 하나를 선물로 받았다. 그분이 자신의 책을 펀딩하며 제작한 스티커라고 했는데, 그중 하나에는 '글 쓰는 페미니스트'라는 문구가 동그라미 안에 또렷하게 적혀 있었다. 집에 돌아와 그 얇은 스티커를 어딘가 붙일까 말까 망설이면서 문득 생각했다. 내가 스스로를 '글 쓰는 페미니스트'라고 생각한 적이 있었는지를.

삶과 글은 같은 선상에 있을 때가 많아서 나는 종종 나 자신을 '글 쓰는'이라는 수식어로 소개했다. 훌륭한 글을 쓰는 건 아니더라도 그냥 글 쓰는 것이라면 누구에게나 공평하게 허락된 일이니까. 그리고 여태껏 내가 속해 있는 가장 큰 두

가지 세계에 대한 이야기를 주로 꺼내어 보곤 했다. 그중 하나는 고양이와 함께 살아가는 것 그리고 다른 하나는 바로 여성으로 살아가는 것이었다.

고양이에 대한 글을 쓸 때 나는 스스럼없이 나 자신을 '글 쓰는 고양이 집사'라고 소개했다. 지금도 나의 SNS 프로필에는 그렇게 적혀 있다. 나는 고양이 세 마리와 함께 살고 있고, 이 작은 동물들은 내 삶에서 무척 큰 영역을 차지하며 동그마니 몸을 말고 올라와 있다. 고양이와 함께 살아간다는 것은 내가 생각하는 나의 정체성을 가장 잘 구현하는 단어 중 하나였다.

나를 고양이 집사라고 소개할 때 나는 도덕적이고 안전한 테두리 안에 있었다. 고양이를 키우지 않거나 좋아하지 않는 사람들도 내가 고양이 집사라는 사실이 세상에 해가 되는 일이라고 생각하는 경우는 없었다. 고양이를 좋아하는 사람들과는 공감대를 형성했고, 고양이를 싫어하는 사람들은 내가 고양이를 키운다는 사실에 관심을 두지 않으면 그만이었다. 게다가 나는 그 수식어를 거리낌 없이 책임질 수 있었다. 나는 고양이를 평생, 내가 할 수 있는 한 행복하게 키우고자 하는 의지와 각오가 충분했으므로.

하지만 스스로를 글 쓰는 페미니스트라고 소개해본 적은 없었다. 내게 그럴 자격이 있느냐를 떠나서, 페미니스트라는 수식어는 어쩐지 나를 위축시켰다. 나는 그렇게 자신을 지칭한 이후 내게 쏟아지는 시선이나 질문에 대답할 준비가 되어 있지 않았다. 다른 사람에게 내 생각이 옳다고 설득하여 그의 생각을 바꾸려 애쓰는 것도 내가 좋아하는 종류의 대화는 아니었다.

나는 나와 다른 의견을 마주했을 때 그냥 입 다무는 것을 좋아했다. 정 껄끄러우면 그 사람과 조금씩 멀어지면 그만이었다. 내가 옳다고 믿는 신념으로 인해 다른 사람을 불편하게 하고 싶지 않았다. 4년 정도 채식을 한 적이 있는데, 페미니즘은 내게 있어 채식과 비슷했다. 내가 원하는 식습관을 고수하는 한편 다른 사람들과 어울리는 자리에서 그것을 드러내지 않기 위해 주의했다. 그들에게 당연한 일이 나에게 불편할 수 있다는 것을 표현하여, 괜한 죄책감이나 불쾌감을 불러일으키고 싶지는 않았다.

나는 말하자면 사람들의 이목이 집중되는 것을 즐기기보다 혼자 있는 것을 더 좋아하는 사람이다. 가치관은 또렷한 편이지만 막상 그에 대한 발언권이 주어지면 생각이 많아져 막막해지고, 이왕이면 단 둘이서 혹은 많아도 셋이서 먹는 술자리를 가장 즐긴다. 즉, 나는 사회적인 개념이나 여론에 큰 관심이 있는 사람은 전혀 아니다. 그런데 페미니스트라는 수식어가 붙는다면 어쩐지 뭔가 주장하고, 행동하고, 또 갈등해야 하는 위치에 놓이게 될 것만 같았다.

나는 페미니즘처럼 거창해 보이는 일종의 이론이 아니라 사소한 나의 일상과 사랑에 관심이 있었다. 꽤 수차례의 연애를 하고 평생을 함께 살아도 좋겠다고 생각한 남자와 결혼을 했다. 그러나 우리가 각자 기준으로 삼아온 세계가 다르다는 사실은 결혼한 지 얼마 되지 않아 금방 알 수 있었다. 그는 나에게 자주 "그게 뭐가 어때서?"라고 물었다. 그리고 나는 "그걸 왜 몰라?"라고 분노에 차 반문했다. 여자친구들끼리는 '왜, 그거 있잖아' 하면 다들 깊게 공감하는 문장이나 상황을 전혀 감지하지 못하는 남편을 이해하기 어려웠다. 남편은 남편대로 내가 예민하다고 생각했다. 우리는 때때로 우리가 왜 싸우게 되는지 몰랐다. 각자 살아온 세계가 얼마나 달랐으며, 그 다른 세계가 만났을 때 얼마나 서로를 상처 입힐 수 있는지를.

그랬다. 그에게 나는 기존의 사회적 관념에 수긍하지 않는 예민한 사람이었다. 단지 내가 여성이기 때문에 겪게 되는 부당한 일들을, 그리고 우리가 문제의식조차 없이 행해왔던 여성에 대한 억압을 나는 일일이 자각했다. 아내로서, 며느리로서 살아가는 것을 거부하고 관용구처럼 사용하던 문장들을 지적했다. 그가 보기에 나는 예민하고 까칠하며, 그저 소극적인 불만을 갖는 데 그치지 않고 내 주변의 환경을 무시하거나 바꾸려는 사람이었을 것이다.

"너 페미니스트야?"

대놓고 질문을 받지 않아도 알 수 있었다. 나와 갈등할 때마다 그가 나를 얼마나 예민하게, 생소하게 그리고 다소는 염려하며 바라보고 있는지를. 나는 의견 충돌이 있을 때 대개 그래왔던 것처럼 그냥 입을 다물 수도 있었다. 하지만 그건 나와 다른 의견으로부터 나 자신을 단단하게 보호할 수 있을 때의 이야기라는 것을 이내 깨달았다. 여성으로서 불편함과 부당함을, 때로는 위험 요소를 이야기하면 세상은 도리어 나를 억압하고 공격하려 할 때가 있었다. 심지어 가장 가까운 내 편이라 여긴 배우자가 나의 어려움을 별 것도 아닌 일로 여길 때면 모든 것이 엉망이 된 것처럼 느껴졌다.

정신을 차려 보니 내 남편은 이 사회에서 살아가고 있는 한국 남자 중 한 명이었다. 그가 당연하다고 생각하는 세계와 나의 세계가 겹쳐지는 것이 가끔은 나를 아프게 찌르고 고통스럽게 만들었다. 내가 묵묵히 입을 다물면 그는 평온하게 살아갈 수 있을지도 모르지만, 나는 꺼내지 못한 이야기를 안고 혼자 곪아갈 것이 뻔했다. 나는 나를 지키기 위해 때때로 그를 불편하게 만들지도 모를 이야기를 꺼내야만 했다. 그때마다 우리는 종종 한국 사회의 여성 대표와 남성 대표가 된 것처럼 부딪쳤다. 하지만 그때 일어난 균열로 인해 우리는 견고 했던 상대방의 세계를 조금씩 들여다볼 수 있게 되었다.

서로에게 원치 않는 역할을 강요하지 않고 각자의 온전한 삶을 살아내기 위해서, 더구나 한 쌍의 남녀로서 손을 잡고 걸어가기 위해서 우리에게는 페미니즘이 필요했다. 또한 이 아슬아슬한 지렛대 위에서 홀로 균형을 잡고 살아가기 위해서도 페미니즘 한 조각을 내 삶에 끌어당기지 않을 수 없었다. 그러니까 내가 페미니즘에 관심을 갖게 된 것은, 세상을 바꾸거나 싸우기 위해서가 아니라 나의 평범하고 소중한 일상을 위해서였다. 지금 우리 사회가 페미니즘을 어떻게 정의하고 있든, 나는 페미니즘이 지향하는 바가 결국 우리가 서로의 자유와 행복을 침해하지 않고 건강하게 어우러지는 것이라고 믿는다.

그럼에도 나는 여전히 스스로를 페미니스트라 칭하는 것이 다소 꺼려진다. 몇 년 전까지만 해도 낯설었던 그 단어에 성큼 가까워지고 싶으면서도, 한 걸음 떨어져 그저 관망하고 싶은 욕구를 떨쳐내기 어렵다. 하지만 아주 조금씩이라도 기어이 노력하고 싶다. 손끝에서 느껴지는 고양이털의 보드라운 촉감에 안심하며, 다른 손으로는 홀로 조용히 이름표를 달아 보기로 한다. 그저 자유롭고 행복해지기 위한 페미니스트라는 이름표를.

목
차

2 나의 평범한 한국 남자친구

3 네, 저는 예민한 여자입니다

1

너와 이야기하면 나는 예민한 여자가 된다

"페미니스트는 아니지만…" 하고 말하는 이유

스무 살 때 처음 커피를 마시기 시작한 나는 커피 맛 같은 것은 전혀 몰랐다. 친구들을 만나면 좋은 커피를 마시러 가기보다는 분위기가 마음에 들거나 오래 앉아서 수다를 떨어도 눈치 보이지 않는 카페를 선택했다. 커피 값은 저렴하면 좋겠지만 그렇다고 비싼 커피를 마시는 게 사치라고 생각하지는 않았다. 성인이 되었고 스스로 돈을 벌기 시작했으니까, 알바비를 받으면 나를 위해 4,000원 정도는 쓸 수 있었다.

커피 전문점에서 커피를 사 먹는 사람들이 꼭 비싼 브랜드를 원하거나 원두의 맛을 따지는 것은 아니었다. 분위기가 좋아서, 그저 눈치 보지 않고 쉴 자리가 필요해서, 특별히 좋아하는 메뉴가 있어서 등 커피 맛을 모른다 한들 카페를 선택하는 데에는 자기만의 이유가 있기 마련이었다. 자기 돈으로 비싼 커피를 사 먹는 사람들을 비난할 필요가 있는지는 전혀 모르겠지만, 굳이 그런 사람들을 비난하기 위해서 당시 '된장녀'나 '김치녀'라는 말이 생기기 시작했다.

남자친구에게 명품을 사달라고 조르는 여자친구뿐 아니라 자신이 번 돈으로 명품을 선택한 여성들까지도 어느새 사치스러운 사람이라는 프레임이 씌워졌다. 그리고 김치녀의 의미는 점점 확산되면서 남성의 시선으로 여성의 가치를 가르는 기준이 되었다. 그건 지나가는 여성들의 외모에 점수를 매기는 행위와도 크게 다르지 않다고 나는 느꼈다.

그때쯤 스타벅스 커피를 들고 돌아다니면 평소 친하게 지내던 남자 선배나 동기들은 의아함과 깨달음이 미묘하게 뒤섞인 표정으로 나에게 물었다.

"너도 스타벅스 다녀?"

그들은 주로 이전에 나를 넌 다른 여자들이랑은 다르다고 말했던 남자들이었다. 명품을 살 돈이 없고, 남자에게 얻어먹을 마음이 없고, 경제력보다는 사람 됨됨이가 중요하다고 생각하는 여자를 그들은 '김치녀'의 반대 개념으로 '개념녀'라고 불렀다. 그런 말을 들으면 그가 얼마나 많은 여자들을 만나봤기에 모든 여자들을 일반화하는 것인지가 놀랍고, 내가 어느새 그들이 평가하는 하위 개체가 되어 있다는 사실이 불쾌했다.

여자를 사귀는 데 있어 오로지 경제력이 중요하다고 생각하는 일부 남자들은 사치스럽게 돈 쓰는 여자들을 비난하고 그로 인해 스스로 피해의식에 빠지는 것처럼 보였다. 여성들의 검소함에 높은 점수를 매김으로써 돈을 많이 벌어야 한다는 부담감을 내려놓고 싶어 하는 것 같기도 했다. 남성만이 경제적 의무를 짊어지는 것이 불합리하고 무거운 일이라고 여기면서도, 또한 경제력이 자신의 권위를 인정받을 수 있는 유효한 지표라고 생각한 것이 아니었을까.

당시 내 주변에는 입만 열면 "여자들이란"을 내뱉는 선배가 하나 있었는데, 그 선배는 자신은 집도 없고 차도 없기 때문에 연애는 할 수 없을 거라는 말을 습관적으로 했다. 나는 그에게 지금 필요한 건 집이나 차가 아니라 '개념'이라고 말해주고 싶었지만, "너도 스타벅스 다니냐?"고 인상을 찡그리는 선배에게 굳이 조언하지 않기로 했다.

나의 경제관념을 검증하고 줄 세우는 그들의 시선은 불쾌했다. 그런 단어를 사용하는 상대와 밥 한 끼를 먹더라도 내가 돈을 더 내려고 신경 쓴 것은 내가 '개념녀'라서가 아니라, 더 이상 그와 얽히고 싶지 않았기 때문이었다. 그러나 결과적으로 공공연하게 퍼져 나간 세상의 잣대에서 자유롭기란 어려웠다. '된장녀'나 '김치녀'로 보이지 않기 위해 몸을 움츠리지 않을 도리는 없었다. 나와 깊은 관계를 맺고 있지 않고 스쳐 지나갈 뿐인 상대라 한들, 그 한마디만으로도 너무나 쉽게 나를 평가하고 비난할 수 있었기 때문이다.

브래지어를 입지 않거나 머리를 짧게 자르거나 화장을 하지 않는 것이 '페미니스트'라는 묘한 기준이 만들어져 주변 시선도 곱지 않다. 나는 머리를 길렀고 화장은 잘 하지 않으며 브래지어는 입지 않은 지 몇 년쯤 되었다. 이것만으로 나를 페미니스트라고, 혹은 아니라고 정의할 수 있을까?

사실 보통의 평범한 사람이 가진 생각과 가치관, 일종의 사상을 한마디로 정의한다는 건 어려운 일이다. 나 역시 스스로에게 '무슨 주의'라는 '사상'을 말하기에는 사실 페미니즘이 뭔지 잘 모르고, 또 그 전체를 내가 포괄할 수 있을지에 대해서 확신이 없었다. 그래서 페미니즘의 필요성을 느끼는 사람들도 "나는 페미니스트는 아닌데"라는 말을 서두에 붙이며 조심스레 접근하는 경우가 많은 것 같다. '페미니스트'라는 타이틀을 다는 순간 거창한 사회 운동을 하는 사람처럼 보일 것 같고 모두를 납득시킬 만한 답을 내놓아야 할 것 같고, 그리고 … 두렵기 때문이다. 페미니스트에게 향해지는 그 모든 날카로운 공격들을 정면으로 맞서는 것이.

스스로를 페미니스트라고 말하기 어려운 더 큰 이유는, "이건 뭔가 좀 불합리해"라고 말하기도 전에 '나는 워마드가 아니며 남성혐오를 하지 않는다' 따위를 먼저 증명해야 하는 처지에 놓였다는 점이다. 일상생활 속에서 나를 보호하기 위해서 말이다. 스스로를 페미니스트라고 말하면 일단 예민하고 불편한 사람이 되어버리고, 최근에는 학교나 직장에서도 페미니스트라는 것이 알려지면 실질적인 불이익으로 이어지는 경우도 있다고 한다. '김치녀'나 '된장녀' 같은 단어는 누구에게도 허락 받지 않고 남초 커뮤니티를 휩쓸다 뉴스에까지 등장했는데, 여성들에게는 오로지 남성을 불편하게 하지 않는 범위 내에서의 상냥한 페미니즘만을 허락하는 것이다.

그건 페미니즘이 근본적으로 위험하고 나쁜 사상이기 때문일까? 그러나 적어도 내가 알기로 페미니즘은 여성을 위한, 여성에 의한 세상을 구축하자는 여성우월주의가 아니다. 젠더에 따라 주어지는 의무나 기대감에서 벗어나자는 것이고, 그건 여성뿐만 아니라 남성에게도 마찬가지로 적용된다. '여자만 힘들어? 남자는 더 힘들어!' 그런 식으로 누가 더 힘든지 따지고 재어보자는 것이 아니라, 성별에 의해 규정되는 힘든 지점에 공감하며 논의하고 시선을 바꾸어보자는 뜻이라고 나는 이해했다.

그러나 세상이 들이대는 잣대에 맞춰 자기검열을 하던 여성들이 이제 세상이 강요하는 코르셋에서 벗어나고 싶다고 여성 인권 향상을 주장하자, 이번에는 그게 징징거림이나 권리만 챙기려는 이기적인 행위로 치부되기 시작했다. 남성의 경제적 부담을 덜어주려는 의지를 드러내지 않고 스스로를 위해 돈을 쓰면 김치녀라 불리던 시절을 지나, 남성과 평등한 권리와 안전을 주장하니 메갈이나 워마드라고 불리게 된 것이다.

많은 남성들이 페미니즘을 '여자들이 의무는 팽개치고 권리만 챙기려 한다'는 뜻으로 이해하고 있다. 그 탓에 오히려 남성들이 피해를 입고 있다고 말한다. 그들은 또 여성 상위 시대를 뒷받침하는 주장을 던진다. 현실을 인지하고 방법을 찾으면 되는데, 여성들이 목소리를 내기 시작하니 '남자들도 지금까지 이런 게 힘들었는데 참았어!' 하고 생색을 내는 형세다. 남성 인권 향상이 필요하다고 여긴다면 그것은 여성 인권 향상을 막으면서 이루어질 필요가 없다. 게다가 실제로는 많은 여성들이 '김치녀'나 '메갈'이 되지 않기 위해 함부로 페미니즘을 말하지 못하는 사회에서, 남성들은 '한남'이 되지 않기 위해 눈치를 보며 말조심을 하지는 않는 듯하다. 아직도

전반적인 사회 분위기가 남성의 시선으로 여성을 검증하고 있다고 느껴진다면 지나친 생각일까.

남성들에게도 성 역할에 따른 고충이 있다는 사실을 안다. 그러나 여성들이 겪어온 불평등을 남성들의 어려움으로 덮어씌우는 것은 의미 없는 불행 배틀이 될 뿐이다. 오히려 여성들이 말하는 불평등을 근본적으로 들여다보면, 남성들이 지니고 있는 문제 역시 페미니즘을 통해 해결할 수 있는 부분도 많다. 여성들을 아름다운 꽃이나 현모양처가 아니라 한 사람의 동등한 주체로 바라봄으로써 말이다. 페미니즘은 여성만을 위한 것이 아니다.

어떤 성별이 더 우월하고 또 어떤 성별이 멍청한 생각을 하고 있다고 우리가 다툴 필요가 있을까. 많은 사람들이 지금의 젠더 의식과 가치관에는 뭔가 문제가 있다고 여긴다면, 그것을 더 좋은 방향으로 바꿔 나가자고 말하는 것이 뭐가 나쁘단 말인가. 많은 이들이 겪어보지 못한 삶에 대하여 이해하려고 애쓰는 게 아니라, 내가 힘들었던 걸 너도 똑같이 겪어봐야 한다고 앞다투어 세상을 더욱 엉망진창으로 만들고 있는 것 같다.

요즘 세상에서 말하는 페미니스트는 마치 이름만 달라진 또 다른 '무개념녀'의 등장인 듯하다. 그러나 당신은 나의 개념을 멋대로 판단할 수 없다. 또한 모든 남성들이 여성혐오 범죄를 저지르는 것이 아니듯, 페미니즘을 고민하는 모든 여성들이 급진적인 여성우월주의에 빠져 있는 것처럼 의심하는 시각은 불합리하다. 여성들은 페미니즘의 필요성을 막연하게 느끼거나, 조금 더 깊이 공부하고 싶어 하거나, 페미니스트라고 스스로를 명명하거나, 주변 사람들을 바꾸기 위해 설득하는 그 모든 행동 중 하나를 선택할 자유가 있다.

페미니즘에 대한 관심을 차단하고 오로지 상냥한 페미니즘을 원하는 것은 여성이 '진짜 변화'를 요구하리라 생각해 본 적 없는 남성들의 욕심이다. 일부의 과격한 사상이 마치 전체를 대변하듯 치부하는 것 역시, 결국 아무것도 변화시키고 싶지 않은 이들의 자기 방어일 뿐이다. 만약 처음 본 상대 남성이 스스로를 페미니스트라고 소개한다면 나는 그가 자신이 겪어보거나 혹은 겪지 않았던 영역의 어려움까지 이해하려고 노력하는 사람이라고 생각했을 것이다. 여성이 우월하다는 것을 증명하기 위한 사회운동가라고 여겼을 리 없다.

페미니즘이 곧 여성의 권리만을 주장하는 불균형한 사상

인 것처럼 여겨지는 분위기 속에서 많은 여성들이 발언할 기회마저 잃는다. 당장 모두가 만족할 만한 답을 낼 수 없다면 대화조차 단절되어야 할까. 우리는 다 같이 힘들어지는 게 아니라 다 같이 좋아지는 방향으로 나아가야 한다.

"페미니스트는 아닌데"라는 말이 나를 조금 더 안전하게 지켜줄지 모르겠다. 하지만 적어도 페미니즘이 무엇을 망치려는 과격한 사상은 결코 아니라고 생각한다. 오히려 페미니스트라는 단어에 부정적인 의미를 담고 페미니스트가 되는 것을 두려워하는 분위기를 조성함으로써 우리는 여전히 제자리를 맴돌며 헤매고 있는 것이 아닐까.

배려해줬더니
권리만 챙긴다고?

자취할 때 나는 원룸에 옵션으로 붙어있던 드럼 세탁기를 썼는데, 결혼하고 나서는 커다란 통돌이 세탁기가 생겼다. 집 구조상 세탁기를 바닥보다 약간 높은 곳에 설치해야 했는데, 세탁기 앞에 까치발로 서서 팔을 최대한 쭉 뻗어야 겨우 안쪽 바닥에 있는 양말을 손가락 끝으로 건져낼 수 있었다. 내 친구 중 한 명은 빨래를 꺼내다가 세탁기 안에 상반신이 빠진 적이 있다고 했다. 몸집 작은 엄마들은 세탁기를 여태 어떻게 써온 걸까? 내가 팔이 안 닿는다고 말하자 남편이 선뜻 빨래를 담당해주기로 했다.

남편은 내가 잘 신경 쓰지 않는 휴대폰 배터리를 충전해주고, 나는 그가 출근하기 전에 먹고 간 아침 설거지를 한다.

그는 무거운 고양이 모래를 채워주고, 나는 때에 맞춰 고양이 약을 먹이고 눈곱을 떼어 준다. 서로가 침대 위에서 목마르지만 몸을 일으키기 싫어할 때, 긴 눈치싸움 없이 그날 덜 피곤한 사람이 일어나 물을 떠다 준다.

사실 서로가 없으면 할 수 없는 일은 없다. 집에서 살림을 하며 살아가는 것은 결혼하지 않았어도, 혼자 살아내기 위해서는 어차피 해야 하는 것이므로. 하지만 사랑이 전제되었을 때 우리는 혼자가 아니라 둘이기 때문에, 서로가 더 쉽게 할 수 있는 일을 대신 해주거나 각자에게 덜 귀찮은 일을 두 사람 몫만큼 해낼 수 있다. 드라마에 그런 대사가 나온 적 있지 않던가. 내가 할 수 있는 것을 굳이 남이 해주는 거, 그게 연애라고.

그런 배려는 항상 고맙다. 남자라서 요리를 안 하고, 여자라서 무거운 것을 안 드는 게 아니라 우리는 각자가 조금 더 잘할 수 있는 일을 서로를 위해서 한다.

페미니즘에 대한 논쟁이 심화되면서 지금까지 남성들이 여성들에게 했던 배려, 일종의 '매너'를 회수하겠다는 으름장을 자주 목격한다. 일부 사람들은 여성들이 의무는 나누지 않으면서 혜택만을 챙기고 있다고 말한다. 전구를 갈아주고, 자리를 양보해주고, 무거운 것을 들어주고, 집에 데려다 주었던 것은 다 누렸으니 그 역시 불평등이 아니냐는 것이다. 여성을 대상으로 한 범죄를 막기 위한 취지에서 시작된 여성 전용 주차장은 어느새 역차별의 상징이 되었다.

물론 상대방의 어떤 배려는 고맙고, 특히 데이트에서 서로에 대한 호감이나 사랑을 전제로 한 배려는 마음을 전해주기도 한다. 그러나 사랑이 전제되지 않았을 때 여성들이 꼭 그런 배려 혹은 특혜를 원해온 것은 아니다. 좋은 마음으로 서로에 대한 친절이 오갈 때도 있지만, 여성이 단지 '꽃'으로 기능함으로써 약자의 위치에서 받게 되는 배려의 영역도 있기 때문이다.

여성은 어쩔 수 없는 신체적 약자일 뿐 아니라 사회적으로도 남성보다는 돈을 덜 벌고, 덜 중요한 일을 하고, 덜 똑똑한 사람이어야 할 때가 많았다. 남성 위주의 사회에서 우리는 원래 남성의 몫을 공정한 경쟁을 통해 나눠 갖지 못했다. 남성은 강자로서의 너그러움을 보여주는 차원에서 여성을 배려하거나, 여성을 주류가 아닌 보호해야 할 대상으로 봄으로써 기꺼이 베풀 수 있는 종류의 특혜를 베풀었다. 그러나 그 특혜의 범위는 어디까지나 한계가 뚜렷했다. 남성들은 자신이 허용한 범위 안에서 여성들이 안락함을 누릴 수 있도록 허락하지만 조금 더 본질적인 문제로 접근하는 부분에서는 '여기부터는 남자들의 세계'라며 가로막았다. 조직생활, 직장생활에서는 아직도 '이래서 여자들은 안 뽑는다'는, 직장은 남자들의 구역이라는 공공연한 텃세가 남아 있다. 애초에 '여직원'이라는 말 자체가 '이곳은 남자들의 세계인데 여성이 예외적으로 들어와 있다'는 의미의 잔재다.

여성이 누릴 것만 누리고 의무는 짊어지지 않으려 한다는 남성들에게 묻고 싶다. 왜 데이트 비용을 더 내야 하느냐고 물으면서 정작 경제활동을 하는 여성의 유리천장을 묵인하고 있지 않은지, 직장 내에서 그들의 외모를 평가하고 등급을 매기거나 웃는 얼굴과 애교를 기대하고 있지는 않은지, 그 특혜를 임신한 여성이 회사를 떠밀리듯 나가야 하는 상황에서 베푼 적이 있는지, 동등한 경쟁을 위해 여성이 받는 제약을 없애는 데에 관심을 가진 적은 있는지.

직장 내에서 남성들이 중요한 책임을 맡거나 신체적으로 힘든 일을 자처하는 대신에 여성이 방긋방긋 웃으며 감정 노동을 하고 야근 없이 퇴근하여 아이를 돌보러 가는 것은 더 쉬운 일처럼 보일지 모르지만, 나는 그 '쉬운' 역할을 원하지 않는다. 내가 원하는 것은 기사의 보호를 받으며 감정적인 휴식처를 제공하는 레이디가 아니라 나 스스로 말을 타고 달리다 지치면 동지로서 함께 서로를 위로하는 일이다.

여성을 동등한 시선으로 본다면 굳이 역할을 나눌 필요가 없다. 남자니까 돈을 더 많이 쓰고, 여성을 보호하고, 책임지길 바라지 않으니 나 역시 특히 직장에서, 같이 일하는 남성들과 똑같이 일하고 동등한 사회적 역할에 대한 기회를 갖고 싶다. 세상이 남성과 여성을 공평하게 고려하여 설계되었다면 내가 물리적 한계에 부딪치는 일은 점점 줄어들 것이다. 또한 일상생활에서 사람이 살아가기 위해 필요한 부분은 대개 스스로 할 수 있는 일이어야 한다. 남자들도 집에서 요리를 하고, 빨래를 하고, 청소를 해야 살아갈 수 있는 것처럼.

무엇보다 본질적으로 들여다보면 여성 인권이 향상되어 동일 노동에 동일 임금을 받는 세상이었다면 애초에 데이트 비용의 불균형이 나타날 이유가 없었다. 여성이 안전하게 살아갈 수 있는 세상이 된다면 굳이 집까지 데려다줄 필요 역시 없다. '여자 혼자 밤길을 걷는 것이 위험하다'는 생각이 왜 등장했는가. 여성이 손쉽게 범죄의 대상이 되지 않는 사회라면 남성들이 지금까지 물리적 강자로서 배려했던 영역은 자연스럽게 줄어들 것이다. 서로를 위해서 좋은 일이라는 뜻이다.

여성이 특혜를 누리고 있다는 생각의 가장 큰 근거는 역시 군대 문제다. 페미니즘은 왜 여성에게 유리한 평등만을 주장하느냐, 여자들도 군대를 가야 한다는 주장이 남성들 사이에서 가장 지지를 얻고 있다. 만약 지금 여성도 군대를 가게 된다면 이제 그 외 나머지 영역에서의 성 평등은 실현되는 것일까? 아니면 단순히 군 복무 기간이 무의미하게 흘러갔기 때문에 여성도 동등한 손해를 봐야만 만족하겠다는 뜻일까?

남성들은 예외적 개체가 아닌 국민의 주체로서 군 복무의 의무를 진다. 아깝고 어려운 시간이라는 것을 조금이라도 폄하할 생각은 없으나, 그들이 차별적으로 취급된 것이 아니라 오히려 가장 평균적인 국민으로서 여겨졌다는 점을 감안하여 제도 자체를 뜯어볼 필요가 있다. 물론 남성들의 입장에서 여성은 예외가 아니라 특혜로 여겨질 수밖에 없다. 그렇다면 특혜를 받는 여성을 욕할 것이 아니라, 특혜를 준 제도나 그 제도를 만든 원인에 집중해야 하지 않을까? 분단국가에서 군 복무를 없앨 수 없다면 최소한 징병제의 문제점으로 지적되는 부분을 수집하여 개선해 나가는 것이 마땅할 것이다. 그런데 군대에 대한 불만은 엉뚱하게도 제도가 아니라 여성들에게 향해지고 있다.

그중에서도 가장 이해할 수 없는 사실은 정작 남성들은 남성의 인권을 지키기 위해서 혹은 병역 문제를 해결하기 위해서 똘똘 뭉쳐 노력한 바가 별로 없다는 것이다. 그들은 그저 회사에서 겪은 일을 집에서 화풀이하듯, 개선하려 하기보다 불평할 대상을 찾고 있다. 사실상 "요즘 군대 편해졌다더라" 하고 혀를 차거나 이등병을 무시하는 건 그 시기를 겪지 않은 여성들보다는 실제로 겪어봤고 그 시기를 지나온 예비역들이다. 군 내부에서 개선할 수 없는 문제들에 대하여 군 복무를 끝낸 예비역들이 관심을 가지고 목소리를 내주면 좋을 텐데, 그들은 이제 그 문제에 대해 별 관심이 없다. '어차피 안 바뀌니까'라는 체념 혹은 '나만 당할 수는 없지'라는 오기, '이제 내 문제 아니야'라는 무관심이 버무려져 군대는 바뀌지 않는다.

그리고 군대를 다녀온 남자들은 사회에 나와서 '여자들은 군대를 안 갔다 와서 사회생활을 못 한다'고 은연중에 자신을 우위에 올린다. 실제로 군 복무 경험은 20대 남성에게는 분명 불리하지만 군대를 다녀온 뒤 사회생활을 하는 30대 남성에게는 유리하게 작용하는 경우가 많다. 그들 말대로, 우리나라의 직장 문화는 군대를 다녀온 남성들이 군 문화를 적용하여 만들어왔기 때문에.

만약 남성들이 자신들의 처우가 불공정하다고 느낀다면, 혹은 징병제에 문제가 있어 변화를 추구하고자 한다면 내 아들, 동생, 애인을 위해 여성들이 함께 싸워줄 수 있었을 것이다. 하지만 딱히 투쟁의 의지조차 없는 일부 남성들에게 여성들은 그저 군대 불만의 해소 창구일 뿐이다.

지금 당장 여자가 군대를 가면 모든 여성 인권 문제가 해결될까? 아니, 한 걸음도 나아가지 않을 것이다. 지금 우리 사회는 남녀의 신체적 차이를 이해할 준비조차 되어 있지 않기 때문이다. 평등한 사회가 갖춘 합리적인 시스템 하에 여성도 군대에 갈 수 있다. 그러나 여성이 군대에 간다고 평등한 사회가 되는 건 아니다.

~~~

"페미니즘은 왜 여자들 얘기만 해?"

왜 페미니즘은 남성의 인권 신장에는 관심이 없고, 오로지 여성의 인권만 향상시키려고 하느냐고 많이들 묻는다. 여성이 누리는 권리만을 선택적으로 유지하고 개선하려는 것이 아니냐는 얘기다. '페미니즘'이라는 단어에 거부감부터 느끼는 듯하던 남편과도 이런 이야기를 한 적이 있다.

"페미니즘은 여자들한테 불리한 것만 얘기하잖아. 남자들도 힘든 부분이 있는데."

"넌 회사에서 사장님한테 불만사항 말할 때, 사장님의 어
~~~

려움을 먼저 헤아려드리고 말해?"

페미니즘에 의한 변화가 시작되는 듯하자 남성들은 지금까지 여자들을 배려해준 영역에서의 평등을 우선적으로 주장하고 있다. 여성들은 지금까지 억압되어 온 자유와 불평등에 대해서 말하고 있는데, 우선 남성들이 가진 문제부터 해결한 뒤에 그 얘기를 들을지 말지 결정하겠다는 태도는 정말이지 너무한 것 아닐까?

페미니즘이 여성만을 위한 것이라 여기는 남성들은 자신들이 누려온 혜택에 대해서는 논의하고 싶어 하지 않는다. 다만 '너희에게 베풀던 호의를 이제 더 이상 베풀지 않겠다'며 오직 배려(라고 생각하는 부분)를 회수하는 것에만 집중하고 있다. 예를 들면, "살림하고 며느리노릇 하기 싫으면 여자도 집 사라"는 댓글은 수도 없이 봤지만, "남자들도 집안일과 육아에 참여하고, 처가에 안부 전화도 하고, 명절 때 차례 음식 준비하러 갈 테니 여자들도 당직 서고, 돈 벌고, 집 사라"는 취지의 발언은 한 번도 보지 못한 것 같다.

많은 남성들이 자의로든 타의로든 양보한 것에 집중할 뿐, 어느 쪽으로든 치우쳐져 있는 구조 자체를 근본적으로 바로 세우는 데에는 관심 없다. 지금의 시스템에서 이쪽 벽돌을 빼어 저쪽 빈자리에 넣는 식으로는 근본적으로 튼튼한 구조를 만들 수가 없다. 여성이 동등하게 함께하는 시스템을 만들기 위해서는 누가 누군가의 것을 하나씩 뺏는다는 개념이 아니라, 우리가 당연하게 여겨온 개념과 기반부터 다시 세우는 방법을 찾아야 한다. 과연 무엇이 배려이고 권리인지, 그것은 우리가 원해서 획득한 것인지 원하는 대로 쥐어준 것인지, 다음 단계로 넘어가기 전에 한 번쯤은 생각해봐야 하지 않을까.

그 농담이
나는 웃기지 않다

남편이 회식을 하고 술에 잔뜩 취해서 들어왔다. 우리 부부는 술을 자주 먹는 편이라 서로의 음주 생활에 대해 별다른 코멘트를 달지 않는다. 굳이 한마디 한다면 "토하지만 마라" 정도다. 술에 취하면 말이 많아지는 남편은 회식 자리가 제법 즐거웠는지 기억에 남는 웃긴 일들을 조잘조잘 들려주었다.

송년회였던가, 신년회였던가 하는 자리라서 새로 들어온 직원들이 돌아가면서 자기소개를 한 모양이었다. 정확하게는 기억나지 않지만, 그중 한 명이 "○○부서 ○○○입니다. 결혼한 지 ○년차인데… 집에 늦게 들어가고 싶습니다"라고 재치 있게 인사를 한 모양이었다. 그건 야근 OK라는 메시지보다는 '유부남이라 집에 늦게 갈수록 좋다'는 의미였다. 여자보다 남자 수가 월등히 많은 그 회식 자리의 직원들이 모두 빵 터지며 웃었단다. 그게 재밌어? 나는 남편의 웃음 코드를 의심하기 시작했다.

그 전부터 남편에게 몇 번인가 말한 적이 있다. 결혼한 남자에게 "결혼생활 어때? 좋아?"라고 물었을 때 "하하하 네 아주 좋죠. 매우 행복합니다"라고 기계처럼 대답하는 상황 같은 게 싫다고 말이다. 그것이 유부남들 사이에서 통용되는 '와이프가 보고 있다' 카테고리의 농담이라는 사실을 안다. 그러나 그 자리에 있는 유부남들이 모두 '나도 저 마음 잘 안다'는 듯이 의미심장한 표정으로 웃는 꼴이 보기 싫었다. 그게 정말 웃겨?

이 웃기지 않은 농담은 특정 소수의 집단이 공유하는 것이 아니라 사회 전반에서 통용되고 있다. 마치 10대 청소년들이 그들만의 세계에서 쓰는 언어를 만들고 생각하는 방식을 공유하듯이 '대한민국 유부남'이라는 타이틀을 갖춘 이들은 갑자기 '창살 없는 감옥'에라도 들어간 것 같은 스스로의 처지를 희화화하기 시작한다.

TV에서 유부남들이 흔히 공유하는 그 웃음 코드가 나는 언제나 불편했다. 결혼을 앞둔 예비 신랑에게 "지금이라도 자-알 생각해봐"라고 조언하거나 유부남에게 "에이, 행복하다고요? 수척해지신 것 같은데?" 하고 자기들끼리 깔깔거리

거나. 그 농담이 웃기다는 사회적인 합의 자체가 잘못된 거라고 홀로 곱씹으며, 나는 채널을 돌렸다.

결혼생활의 형태는 제법 다양해지고 있다. 그러나 그런 농담을 던지는 사람들의 머릿속에 있는 결혼생활은 옛 드라마 속 쥐꼬리만 한 월급을 집에 가져다 바치는 가장과 그 쥐꼬리에 늘 바가지를 긁는 억척스러운 아내와 아무것도 모르고 징징거리는 철없는 어린 아이들의 전형에서 벗어나지 못했다. 그 결혼생활은 결국 그들 스스로가 만들어나가는 것이고, 결혼에 불만이 있다면 가정 내에서 바꾸어나가야 할 일이다. 온 세상에 대고 '내 결혼생활은 별로야'라고 징징거릴 문제가 아니라는 뜻이다.

그들은 스스로의 결혼생활을 '잔소리하는 아내와 불쌍하게 돈만 버는 남편'으로 정형화함으로써 어쩌면 그들이 밟고 싶지 않았던 외로운 가장의 전철을 밟게 되지는 않을까. 그런 두려움이 그들에게는 없는 것일까, 아니면 그런 삶을 이미 받아들인 것일까.

외국 남자들은 와이프에 대하여 '내가 사랑하는 여자'라는 논지의 발언을 잘도 하던데, 한국 사회에서 어느 유부남이 그런 말을 하고 다니면 아마 '저 인간은 뭐야?' 하는 시선을 받을 것이다. 그런데 결혼생활이 얼마나 별로인지를 웃음거리로 삼는 데 일조하는 것보다는 '그래, 너희 잘났다. 잘 먹고 잘 살아라'를 당하는 쪽이 더 낫다고 생각하는 것은 내가 유부남들의 고충을 몰라서 하는 소리일까?

≈

얼마 전 이사한 임대주택의 입주민들 모임이 있었다. 신혼부부 아파트라 대부분 부부가 함께 참여했지만 남편이나 아내 혼자 온 이들도 몇몇 있었다. 어느 모임이나 그렇듯 분위기를 살리는 성격 좋은 이들이 유독 눈에 띄었다. 그중 한 남편이 자신의 용돈과 모임의 회비를 운운하며 "와이프한테 용돈 받아 왔는데, 회비가 더 적게 나오면 몰래 가질 수 있겠다"는 종류의 농담을 했다. 아무튼 그건 농담이었는데, 남편이 "아, 저도 혼자 올 걸 그랬네요?" 하고 맞장구쳤다.

나는 그의 농담을 이해하지 못했다. 우리 집은 결혼하면서 각자의 수입을 합쳐서 용도별로 나누어 관리하고 있다. 돈의 쓰임을 정해서 고정비, 생활비, 적금, 비상금 등으로 분류하는 작업은 주로 내가 했지만 용돈은 동일한 금액을 정하여 쓰고 있었다. 그러니까 우리는 서로에게 용돈을 타서 쓰지 않으며 그저 합의했을 뿐이다. 심지어 우리는 저금을 열심히 하지도 않아서, 필요할 때 돈이 있기만 하다면 얼마든지 사용한다. 그러니까 남편은 진실 혹은 진심을 말한 게 아니다. 그냥 맞장구를 친 것이다.

그러나 나는 그 순간 약간 상처를 입었다. 그 1, 2초 정도의 짧은 순간에 나는 그에게 필요 없거나, 걸림돌이거나, 그의 자유를 박탈하는 존재였던 것이다. 나는 술자리가 끝나고 난 뒤 그의 발언이 부적절하다는 것을 지적했다. 남편은 뭐가 문제인지 선뜻 이해하지 못했다. 아마 알면서도 몰랐을 것이다.

"그냥 웃자고 한 말인데? 내가 그런 생각을 하고 있는 건 아니야."

그 대꾸에 화가 더 치밀었다. 왜 실제로 있지도 않은 구속을 우스갯소리 삼아야 하는 걸까. 그런 농담을 던지는 남자들은 아내의 입장을 조금이라도, 손톱만큼이라도 염두에 두고 있긴 한 걸까? 내 남편이 연예인이 아닌 게 다행이었다. 나는 연예인들이 TV에 나와서 그런 농담을 할 때면 '저걸 TV로 지켜보는 아내는 무슨 생각을 할 것인지'가 항상 궁금했기 때문에.

그 순간에 차라리 경제권을 분리해야겠다는 생각이 들었다. 그러면 적어도 '와이프한테 용돈을 받아쓰는 생활을 하고 있어서 몰래 비상금을 만드는 게 참 신난다'는 종류의 농담은 할 수 없어지겠지. '집에 가면 와이프가 있다'에서 파생하는 농담은 여전히 할 수 있겠지만. 빈말로라도 아내를 죽도록 사랑하는 건 아니라는 전제를 깔고 말하는 것이 남자들의 세계에서는 '쿨'해 보이는 걸까?

남편은 그 농담을 분위기를 살리고 유대감을 형성할 수 있는 아주 쉽고 간편한 수단으로 여겼을 것이다. 그 방법 외에 그 자리에 있는 남자들을 웃길 만한 확실한 코드가 없기 때문이고, 이미 많은 유부남들이 그런 농담을 사용하는 것에 대하여 이미 동의한 상태이기 때문이다.

다들 각자 집에서는 좋은 남편일 것이다. 하지만 그들이 집단 내에 있을 때 그중 누구도 아내는 나의 자유 의지를 구속하는 존재가 아니며 우리는 서로에게 동등한 영향력을 부여하고 있다거나 아내를 우스갯소리로 삼지 말고 존중하자고 발언하여 분위기를 깨지 않는다. 그래, 방금 한 이야기는 웃기지도 않는 나의 농담 같은 것이다. 그런 것까지는 기대하지 않는다. 나는 투사가 아니라서, 내가 원하는 건 그 농담을 차라리 방관하는 것이다. 그것이 무언의 동의가 될 수는 있겠지만 적어도 끼어들지 않는 정도다. 그러나 아내 역시 한 사람의 인격체라는 사실을 전제한다면 그렇게 남들 앞에서 배우자를 깎아내리는 농담을 서슴없이 할 수는 없을 것이다.

남편은 이후 그런 종류의 농담이 부적절하다는 것을 안다고, 미안하다고 사과했다. 그러나 그는 아마 사회생활을 하면서 앞으로도 수없이 비슷한 상황에 맞닥뜨릴 것이고, 때로는 서로에게 호감을 얻기 위해 누군가의 말에 동조해야 할 것이다. 내가 할 수 있는 건… 사회에 속해 있는 남편을 보지 않는 것, 가정에서의 남편이 진짜 '그'라고 생각하는 것, 어쩌면 그럼으로써 현실을 외면하는 정도인지도 모른다.

그러나 그런 상황이 지속된다면 결혼이 어떠한 종류의 체념이라는 것은 더 이상 농담이 아니게 될 것이다. 때로 우리는 말하는 대로 생각하게 되니까. 남들 웃기려고 가장 가까이 있는 반려자를 우습게 만드는 그 농담, 이제 그만할 때다.

남성이 만든
보편 사회

몇 년 전 출퇴근길의 지하철에서 나는 커다랗게 붙어있는 광고 하나를 뚫어져라 쳐다봤다. "난 이제 생리휴가 필요 없다!"라는 문구와 함께 팔다리를 쭉쭉 뻗고 있는 직장인 여성의 사진이 붙어있었다. 정확히는 모르지만 아마 진통제 광고였을 것이다. 저 약 하나로 생리의 통증과 불편에서 완벽하게 해방될 수 있다면 다시없을 혁명이다. 아마 생리휴가도 필요 없을 정도로 생리 문제를 해결해준다면 그들은 광고조차 필요 없었을 것이다.

생리통은 사람마다 그 정도가 달라 진통제를 안 먹어도 되는 사람도 있지만 진통제 두세 알로는 해결되지 않는 사람도 있다. 생리통이 가장 심한 날에는 학교 의자나 직장 복도에서 쭈그려 앉아 울기도 했던 나로서는 그 광고를 부드러운 눈으로 바라볼 수 없었다. 그 광고는 나의 남자 직장 상사들이 "생리통? 약 먹으면 될 걸" 하고 대수롭지 않게 여기는 데에 기여하고 있었다. 지금은 20대 때보다 생리통이 다소 줄어들었지만 아랫배의 찌릿한 통증은 여전히 하루 종일 묵직하게 버티고 있고, 개인적으로는 생리통보다 더 힘든 것이 매번 찾아오는 무력감과 생리증후군이기도 하다.

하지만 생리휴가를 곱게 보는 시선은 많지 않다. 물론 이를 악용하는 사례가 있는 것은 문제다. 그렇다면 생리로 인한 불편은 여자로 태어난 이상 복지에 대한 기대조차 하지 않고 스스로 감당해야 하는 것일까? 왜 생리로 인한 불편은 '눈치 보며 배려받아야' 하고 그나마도 할 수 없는 신입사원 시절에는 '괜찮은 척 숨기는' 것이어야 할까? 인류의 절반, 여성 전체가 대부분 겪는 일인데도 불구하고.

생리에 대한 사회의 시선은 늘 약자에 대한 배려이자 예외적인 배려로 취급된다. 남녀의 신체 차이에 따른 복지로써 생리휴가가 최선의 방법은 아닐지도 모르나, 적어도 여성의 몸에서 일어나는 신체적 변화에 대해서는 예외가 아니라 당연히 논의하는 영역이 될 수는 없을까? 심지어 남성들이 회식 때 도우미가 있는 노래방에 가거나 접대를 하는 것은 '다들 원래 그러니까'라는 그들의 기준하에 스스럼없이 묵인하기도 하는데, 선택사항도 아닌 생리는 '이래서 여자들은…' 이라는 불편 요소가 된다.

만약 최초부터 여성들이 사회의 주축을 이뤘다면, 일명 '바깥일'을 하는 것이 여성이었다면 어땠을까. 정책을 만드는 사람의 대부분이 생리를 하는 사람이었다면, 그들의 일부는 생리가 별로 불편하지 않았다 해도 생리로 허리가 끊어질 듯 아파 일상생활이 어려운 이들을 옆에서 늘 지켜보는 환경이었다면.

이전에 아이폰 사이즈가 남성의 손 크기에 맞춰져 있는 것을 문제 삼은 주장이 있었다. 진짜일까 고개를 갸웃했지만 한편으로 이런 생각은 들었다. 만약 사회에서 직장생활을 하는 대부분이 여성이고 애플에 여성 구성원의 비율이 훨씬 높았다면 자연스럽게 여성의 손 사이즈를 기준으로 하는 디자인이 나오지 않았을까? 생각해보면 우리 사회에서는 대부분 남성이 중요한 자리를 맡고 있고, 여성들의 신체 특성, 생리, 임신, 출산, 그런 것은 이제야 법에 추가되고 있는 추세다. 기본적으로 사회 저변에 깔려 있지는 않다는 것이다. 만약 여성들이 중심이 되는 사회였다면 당연히 생리나 임신에 대한 규

칙이 처음부터 만들어졌을 것이다. 그만큼 지금은 남성이 기준이자 보편이라는 것이다.

부모님이나 할머니 세대에 비하면 여성 인권이 향상되었다는 것을 근거로 더는 여성을 사회적 약자로 볼 수 없다는 주장도 있다. 특히 20대 남성들은 실제로 학업이나 취업률에서 여성이 앞서 가는 시기를 겪었기 때문에 자신의 경험을 토대로 '요즘 세상에 웬 차별, 오히려 역차별이 심하다'고 생각하기도 한다. 그리고 거기에 실제로는 본인들이 경험하지도 않은 '남자는 돈 버는 기계, 나이 들면 ATM' 등의 억울함을 덧붙여 역차별의 서사를 완성한다.

일면 이해하는 부분이 있다. 1977년생인 치마만다 응고지 아디치에의 책《우리는 모두 페미니스트가 되어야 합니다》에는 마치 오래 전 인종차별과도 비슷해 보이는 심한 남녀 차별의 사례가 여럿 나왔다. 심지어 남녀 커플이 발렛을 맡기면 자연스럽게 차 키를 남성에게 건네준다는 사례도 있었다. 여성들의 사회 진출이 늘어난 지금, 분명 내가 겪은 종류의 차별은 아니었다. 여성이 결혼 후 집 밖으로 나서지도 못하고 "시집 왔으면 이 집의 귀신이 되어야 한다"는 말을 들었던 시대에 비하면 지금은 좋아졌다고 말할 수도 있다.

하지만 여전히 남성이 기준이 되는 사회에서 그때와 같은 차별, 혹은 시대 변화에 따른 다른 형태의 차별이나 혐오가 존재하는 것도 엄연한 사실이다. 똑같은 교육을 받고 똑같이 사회에 나왔을 때, 남성이 군 복무를 하고 오는 20대에는 여성이 앞서갈 수 있는 여건이 조성된 것처럼 보이지만 결혼하고 출산하기 시작하면 여성들은 사회에서 사라지는 일이 비일비재하다. 그래서 남성과 여성의 급여 차이가 없다고 생각하는 것은 주로 20대 후반에서 30대 초반의 생각인데, 우리나라의 성별 임금 격차는 연령이 높아질수록 점차 더욱 확연해지는 그래프를 나타낸다. 실제로 2010년에 조사한 연령층 통계를 보면 OECD 국가 중 20대의 남녀 임금 격차는 9위로 중위권이지만, 40세 이상에서는 1위를 차지하고 있다.

결혼과 출산을 거친 여성들이 사회생활 자체를 더 이상 못하게 되거나, 일을 한다고 해도 더 이상 중요한 역할을 맡지 못하고 유리천장에 부딪치며, 육아와 병행하는 업무에서 밀려나는 데서 오는 현상이다. 경력 단절 후 재취업하는 여성들은 대개 제자리로 돌아가지 못한다. 남초 커뮤니티에서 흔히 주장하듯 '남녀 임금 차이는 여성들이 쉬운 일만 선택한 결과'라고만 볼 수는 없는 것이다.

이만하면 충분히 평등한 사회이기 때문에 더는 여성들을

위한 기관이 필요하지 않다는 근거로 총여학생회가 사라지고 있다. 총여학생회가 사라지는 것은 여성가족부가 없어져야 한다는 일부 오래된 주장이 부분적으로 실현되는 것처럼도 보인다. 징부 기관 같은 건 통 외워지지 않았던 학생 시절에도 여성가족부의 존재는 알고 있었다. 여성의 성기 모양과 비슷하게 생겼다는 이유로 조리퐁 과자를 없애라고 했다는 터무니없는 소리조차 많은 사람들이 믿을 정도로, 끈질긴 루머들에 시달려 왔기 때문이다. 내 주변 남자들은 별 생각 없이 "여가부가 없어져야 돼"라고 툭툭 내뱉곤 했다.

지금 생각해보면, 애초에 여성가족부가 왜 필요했을까. 차별이 있기 때문에 역차별을 말할 수 있는 것이다. 남성 중심의 보편 사회 속에서 왜 여성의 권리를 보호하는 기관이 생겨나야 했는지 생각해보면, 그렇게 간단히 없어지면 평등이라고 할 수는 없을 일이다. 여성가족부나 총여학생회가 없어도 되는 사회, 여성들에게도 그런 세상을 살아가는 편이 훨씬 좋다. 하지만 눈 가리고 아웅 식으로 기계적인 공평함을 추구해서는 그나마 있던 보호 장치마저 사라지는 것은 아닐까. 차별이 사라지기 전에 역차별(처럼 보이는 모든 것)부터 없애겠다는 움직임은 또 누구의 것일까. 쏟아지는 뉴스를 볼 때마다, 결국은 강자들에 의해 순서가 뒤바뀌고 있는 건 아닐까 하는 불안감이 밀려들었다.

여성 상위 시대라는데 나는 왜 불편할까

결혼 후 서너 번의 명절을 보낸 새내기 며느리인 나와 친구들은 명절 풍경이 바뀌어야 한다는 데 입을 모았다. 부부끼리 아무리 평등한 가정이라도, 평소 아무리 친절하고 자상한 남편이라도 시댁에 가면 두 사람의 위치는 명백하게 달라졌다. 남자들은 거실에 모여 과일이나 술을 먹었고, 여자들은 하는 일이 있든 없든 기본적으로 부엌에 모여 있었다. 그 이분적인 모습을 더 이상 자연스럽게 생각할 수 없는 '요즘 세대' 여성들은 그 풍경의 일부가 되는 것이 점점 불편할 수밖에 없었다.

결국 친구 한 명은 명절 파업을 선언할 수는 없지만 대신 남편에게 부엌에서 함께해 달라고 본격적으로 요청했다고 한다. 그녀의 남편은 흔쾌히 설거지를 하고, 전을 부치는 데 동참했다. 하지만 그 해 명절을 보내고 온 친구는 그런 남편의 변화를 고마워하면서도 한편의 찜찜함을 토로했다.

"모든 친척들이 자상한 남편이라며 입이 닳도록 칭찬을 하는 거 있지. 세상에 이런 남편이 어디 있느냐면서."

어쨌든 남아선호사상이 만연해 있던 옛 시대에 비하면 세상이 느리게나마 변하고 있는 것은 사실이다. 적어도 30대 젊은 부부 세대에서 "여자가 이래야지" 하고 권위를 세우는 남편들은 많지 않다. 함께 집안일을 나눠 하고, 육아에 동참하고, 시댁과 아내 사이에서 중간 역할을 잘 하려고 노력하는 남편들도 많다. 문제는 여전히 그것이 '고맙고 특별한' 풍경처럼 여겨진다는 점이다. 자기 집에서는 귀하게 자랐던 며느리들이 시댁에서 요리와 설거지를 하는 것은 당연한 의무라서 아무도 칭찬하지 않는데, 남자들은 조금만 움직여도 좋은 남편, 자상한 남편이 된다. 그 가운데서 며느리는 '남편 잘 만나고' '시집 잘 온' 여자가 되는 것이 또 우스운 일이다. 집안일을 나눠 하는 것은 복덩이 남편을 만난 덕분에 얻은 혜택이 아니라, 공정하고 당연한 일인데.

"그래도 그전 세대에 비하면 노력하는 건데, 고맙게 여겨야 하는 것 아니야?"

그렇게 묻는 사람들도 있다. 변화가 더디다고, 여전히 수면 위로 떠오르지 못한 불편함이 남아 있다고 생각하는 순간 내게는 '예민한 여자'라는 수식어가 따라붙는다. 이 정도면 됐지, 안 그래도 노력하는 사람들에게 채찍질을 하다니 부당한 걸까? 그들에게 지금 필요한 것은 그걸 알아주고 인정해주는 당근뿐일까?

물론 가부장적인 모습에서 벗어나고 있다는 점은 긍정적인 변화다. 하지만 반대의 경우는 어떤가. 여성이 경제활동을 한다고 해서 좋은 아내라고 하지는 않고, 오히려 가정을 돌보는 기본 의무에 충실하지 않고 자기 생각만 하는 이기적인 사람처럼 여겨지는 경우가 여전히 많다. 사회에서 성과를 냈다고 해서 누가 일일이 칭찬해주지도 않는다. 결국 좋은 남편의 커트라인은 좋은 아내에 비해서 너무나 낮게 설정되어 있는 것이 현실이다. 좋은 아내는 거의 원더우먼이 되어야 하는데 말이다.

요즘 세상은 여자들이 살기가 점점 편해지고 있다는 믿음을 뒷받침하듯이, 가끔 결혼 전에 예비 며느리가 얻을 수 있는 혜택을 자랑하듯 소개하는 경우도 있다.

"우리 집은 제사 없어. 엄마가 김장도 안 하셔. 좋지?"

나랑 결혼하면 너 정말 편할걸. 자랑스레 들이미는 그 혜택에 감사하는 데에는 몇 가지 문제가 좀 있다. 그는 이미 제사나 김장 같은 시댁 행사를 며느리의 몫이라고 생각하고 있다. 그 일의 무게가 1g이든 100kg이든 애초에 본인이 감당해야 하는 몫이라는 생각은 조금도 떠올리지 못한 채. 어쩌면 그 혜택에는 '그 대신'이 따라붙을지도 모른다. 우리 집은 제사도 안 지내는데, 안부전화도 한번 못해 줘?

이러한 사소한 문제에 대해 불편을 느끼면 둥글게 넘어가지 못하고 너무 많은 걸 바라는 예민한 여자가 되기 일쑤다. 이 정도 변화도 엄청난 거니까 천천히 받아들이고 고맙게 여겨야 할까? 결국 배려와 허락을 받은 만큼만 변화의 폭을 정할 수 있는 걸까?

세상은 변하고 있다. 남성들은 여성들만의 공간으로 여겨졌던 부엌에 들어오고, 빨래를 개고, 육아를 함께한다. 그리고 몇몇은 그런 자신들의 처지가 일종의 농담거리라는 것처럼 말하기도 한다.

“밖에서나 폼 잡는 거지, 집에 가면 설거지해야 해요.”

“집 가면 와이프한테 꼼짝 못 하죠.”

집안일에 동참하거나 아내의 의견을 수용하는 것에 대해서 ‘원래 우위에 있어야 할 남편의 권위가 뒤집어졌다’고 무의식중에 느낀다는 것 자체가 기존의 서열 구조가 불평등했다는 뜻이다. 원래부터 없었을 때는 괜찮은데 가지고 있던 것을 뺏기면 그 빈자리가 크게 느껴지기 마련이다. 여성이 상위에 올라선 것이 아니라, 남성들이 기존에 가지고 있었던 권위를 내려놓았을 뿐인데 그들은 무언가를 ‘빼앗긴 것’처럼 느낀다. 역차별이라 주장하는 많은 부분이 실제로 여성이 권력을 쥔 것이 아니라 남성이 가지고 있던 권력을 내려놓았을 때를 설명한다.

애초에 집안일이 특별한 역할인 것처럼 화젯거리가 된다는 것은 그만큼 보편적이지 않다는 뜻이다. 남성들이 집안일에 동참하는 것은 세상이 달라지고 이제 차별이 없어졌다는 증거일까? 차별이 없어졌다고 생각하는 주체는 차별을 당한다고 여겨졌던 쪽이 되어야 한다. 인종차별의 시대가 끝났다는 것을 백인이 선언한다면 얼마나 설득력이 있을까?

분명히 나는 부모님 세대의 전통적인 성차별이 개선되고 있는 사회에서 살고 있다. 우리는 서로를 존중하고 사랑하는 평범한 요즘 시대의 부부다. 하지만 여전히 각각의 역할에 대한 세상의 시선은 자유롭지 않다. 시댁에서 과일을 깎거나 설거지를 하지 않는 나에게는 어른들 위해 그 정도도 못하느냐는 이기적이라는 비판이 꽂혔다. 처가댁에 간 남편에게는 적용되지 않는 기준이다.

'나는 안 그래' 혹은 '우리 집은 안 그래'라고 억울하게 생각하는 남성들도 있다. 그러나 내 엄마, 아내, 친구들, 어쩌면 딸이 가정 바깥에서 수없이 부딪칠 현실이 엄연히 저 밖에 존재한다.

여성 상위 시대라며 '이 정도면 되었다'고 변화의 흐름을 가로막는 것은 여성 차별이 사라졌다고 믿고 싶은 사람들의 눈 가리고 아웅하기일 뿐이다. 페미니스트를 여성과 떼어놓고 단순히 인권 자체를 위한 사회 운동가라고 칭할 수 없는 것과 마찬가지다. 적어도 여성 인권이 향상되었다고, 이쯤이면 되었다고 선을 긋는 것이 남성들의 역할은 아닐 것이다. '시어머니 시대보다 요즘 며느리들은 편하다, 예전에 비해서 나아졌다'는 것이 '이제 충분하다'가 될 수는 없다.

연애할 때는 남편의 가치관이 나와 충분히 닮았다고 생각했다. 그런데 결혼이라는 뿌리 깊은 관습 내에 들어와서 보니 그는 그저 평범한 한국 남자였다. 우리는 각자의 입장에 대하여 수없이 설명하고 설득하고 때로는 다퉈야 했다. 집안일은 두 사람이 모두 주체가 되어서, 부모님께 안부 전화는 각자, 명절에는 번갈아가면서 가거나 아예 각자의 집에 가는 것까지 기성세대의 결혼생활과 다른 수많은 합의점을 새로이 찾아야 했다. 결혼 4년 차, 어느 정도 안정기에 접어든 지금 남편은 종종 자신의 넓은 이해심을 뿌듯하게 자랑한다.

"나 정도면 엄청 오픈 마인드를 가진 남자지."

'보통 이상'이라는 데에 동의해주고 싶지만 그럴 수 없는 건 '보통'의 기준이 지나치게 낮게 잡혀 있다는 생각을 떨칠 수 없기 때문이다. 대신 내가 바라는 세상은 이런 것이다.

"그게 보통이고 평범한 세상이었으면 좋겠어, 나는."

낮잡아 이르는 말들

몇 해 전 겨울, '벙어리장갑'이라는 말을 쓰지 않았으면 좋겠다는 의견을 처음 봤을 때 나는 깜짝 놀랐다. 벙어리의 사전적 의미를 찾아보면 '언어 장애인을 낮잡아 이르는 말'이라고 나온다. 벙어리장갑을 다른 이름으로 부르자는 것은 기왕이면 멸칭이 아닌 다른 이름을 붙여주는 게 좋지 않겠느냐는 주장이었다.

나는 그 전까지 단 한 번도 '벙어리장갑'이라는 단어에 대해서 의미를 두고 생각해본 적이 없었다. 하지만 그러고 보니 우리가 흔히 사용하는 말 중에서 낮잡아 이르는 말로 자연스레 굳어진 단어가 참 많을 것 같다. '아주머니'를 낮잡아 이르는 말인 '아줌마'도 그중 하나다. '아줌마'라는 호칭으로 불렸을 때 상대방이 나를 존중하고 있다고는 좀처럼 생각할 수 없는 이유가 있는 것이다.

우리가 쓰고 있는 언어는 너무나 당연하게 여겨지기 때문에, 특별히 어원을 되짚어 올라가지 않고 자연스럽게 익숙한 단어를 선택해 사용한다. 때로는 그 어원에 다소 문제가 있다는 것을 알고 있지만, 어차피 원래 의미는 퇴색되었으니 괜찮다고 생각한다. 하지만 언어의 힘은 단어의 뜻 자체보다는 그 속에 차곡차곡 쌓여온 맥락 속에 있다.

예전에는 결혼 후 여성 배우자를 '집사람' 혹은 '안사람'이라고 불렀다. 남성은 바깥에서 사회생활을 하고, 여성은 집에서 가정을 돌보는 것이 대부분이었기 때문이다. 하지만 지금은 남녀 모두 경제활동과 가정 살림을 병행하는 시대이기 때문에, 그것은 이미 시대에 뒤떨어진 표현이 되었다. 광고에서 밥솥이나 세탁기를 엄마를 위한 제품이라고 홍보하는 것도 부적절하다는 걸 모두들 알고 있다.

그러나 많은 사람들이 여전히 집안일을 여성의 몫이라고 여긴다. 우리가 여태껏 보고 겪은 미디어 매체나 경험에서도 그것은 '엄마'의 역할일 때가 많았다. 아마 '집사람'이라는 말이 어색하게 느껴지기 전까지는 사회적인 인식도 쉽게 변하지 않을 것이다. 단어 자체에 굳이 비하하는 뜻이 들어 있지는 않다고 해도, '집사람'이라는 말이 익숙한 이상 우리는 집안일이 여자의 몫이라는 인식을 떨칠 수 없다. 우리가 사용해 온 상징이나 비유, 단어의 잔재가 무의식 속에서 구체적인 형상을 만들어내고 있으리라는 가정은 과한 걸까?

사회적 인식의 변화를 위해서 실제로 여러 가지 직업 명칭도 바뀌고 있다. 많은 사람들이 이제는 가정부, 파출부를 가사도우미라고 부르고, 아저씨로 총칭했던 택시 운전사를 기사님이라고 부른다.

이전에 이외수 작가가 SNS에 '단풍'이라는 시를 올리면서, 문학 속 여성혐오 표현에 대한 논란이 일었던 적이 있다.

저 년이 아무리 예쁘게 단장을 하고 치맛자락을 살랑거리며 화냥기를 드러내 보여도 절대로 거들떠 보지 말아라. 저 년은 지금 떠날 준비를 하고 있는 것이다. 명심해라. 저 년이 떠난 뒤에는 이내 겨울이 닥칠 것이고 날이면 날마다 너만 외로움에 절어서 술독에 빠져서 살아가게 될 것이다.

이 시에서 '저 년'과 '화냥기' 등으로 묘사되는 단풍이 여성의 신체를 대상화한다는 이유로 여성혐오라는 주장이 제기된 것인데, 이외수 작가는 그 논란에 대해 '난독증'이라 반박했다. 더불어 페미니즘의 대두 이후 문학에서 표현의 자유가 억압되고 있다는 문인들의 주장도 잇따랐다.

물론 문학에는 표현의 자유가 필요하다. 심지어 우리는 문학 속 문법 파괴조차 허용한다. 그렇다면 예술적으로 허용되는 자유의 범위는 어디까지일까.

화냥기라는 말은 '남자를 밝히는 여자의 바람기'를 말한다. 그러나 남성의 바람기를 지칭하는 단어는 따로 없다. 즉, 남성은 경험이 많아도 치부가 되지 않지만 여성은 순결하고 경험이 없어야 한다고 생각하는 가치관에 뿌리를 두고 있는 단어다. 이외수 작가는 문학적으로 '화냥년'이라는 단어를 맥락 전체를 보아 해석해야 한다고 했지만, 단어에는 죄가 없을지언정 단어가 가진 맥락에는 죄가 있다.

최근 결혼한 여성들이 배우자의 형제를 이르는 '서방님'이나 '아가씨'라는 말을 바꾸자는 주장이 힘을 얻고 있다. 그 단어가 욕설을 담고 있는 것도 아니고, 어원에 문제가 있어서도 아니다. 그 단어가 쓰이는 맥락에서 그것이 가정 내 서열, 성차별을 만들기 때문이다.

무작정 단어 자체를 사라지게 해야 한다는 뜻이 아니며, 윤리적이고 인도적인 것만 아름답게 즐기자는 이야기도 아니다. 문학 속에서 굳이 '화냥년'이라는 단어가 필요한 문맥

이 있을 것이다. 그러나 그것이 아름답게 피어났다 사그라지는 단풍에 비유하여 가볍게 공유, 재생산할 수 있는 의미인지는 생각해볼 필요가 있다.

우리는 언어를 통해서 사고한다. 자주 듣다 보면 익숙해진다. 익숙해지다 보면 잊어버린다. 하지만 언어는 여전히 힘을 가지고 있다. 단어의 원래 의미를 잊어버린 채로 무의식 속에서 우리는 또 여성혐오적으로 사고하는 데에 익숙해지는 것이다.

문학에서 쓸 수 있는 표현이 줄어들고 있다고 하소연하는 반응도 있다. 그렇다. 어떻게 보면 점점 예민한 사회가 되어가고 있다. 하지만 약자들에 대한 혐오 표현에 예민해지고 있다는 것은 좋은 신호라고 생각한다.

코미디 프로그램에서 한부모 가정의 자녀를 희화화해서 욕을 먹은 적이 있었다. 새 장난감을 자랑하는 친구에게 "쟤네 아버지가 양육비 보냈나 보다" "양쪽에서 선물 받아 좋겠다, 재테크다"라며 조롱하는 연기가 논란이 되었던 것이다. 이 역시 '개그는 개그로만 보자'는 주장이 있을 것이다. 날 세우지 않고 둥글게 살아가는 건 좋다. 그러나 그게 누군가의 불편함, 누군가의 상처를 밟고 구축하는 너그러움이어서는 안 된다.

마찬가지로 우리는 인종 차별적인 소설을 마음 편하게 읽을 수 있는가? 다문화가정이나 장애인에 대한 혐오 표현 역시, 소설의 맥락 속에서 인용할 수는 있겠으나 그것을 작품 전체에서 평이한 표현으로 다루는 게 바람직한 예술 감성으로 여겨지지는 않는다. 그런데 문학 속 여성혐오 표현이 문학의 자유를 제한한다고, 표현의 자유를 억압하는 것이라고만 말할 수 있을까?

옛 문학작품을 보면 여성뿐 아니라 장애인, 가난, 인종, 신분 등에 따른 차별, 비하의 표현이 자유롭게 넘나든다. 그런 시대였다. 그런데 그것을 지금도 문학의 순수함, 문학의 자유라고 여길 수 있을까? 더 자유롭게 약자들을 표현할 수 있었던 시대를 그리워하고, 당시로 돌아가려 노력해야 할까? 우리가 여태껏 언어의 변화와 함께 구축해온 약자에 대한 배려와 복지는 문학적 자유에 비하면 하찮은 것일까. 그 모든 약자에 대한 혐오 표현을 허용한다면 문학은 결국 어떤 계층의 예술로 남게 될 것인가, 그에 대한 경각심이 분명히 필요한 시점이다.

아줌마로 불리는 것이 싫은 이유

"나 어제 처음으로 '아줌마' 소리 들었어."

친구는 문득 생각났다는 듯, 하지만 그 단어가 꽂혀 간질간질하던 중에 비로소 그것을 꺼내어 뱉어내듯 말했다. 만으로도 20대라고 우길 수 없는 30대에 정착하고 결혼하는 친구들도 늘어나는 시기, 요즘은 심심찮게 술자리에서 이런 고백이 튀어나온다. 아마 많은 여성들이 처음으로 아줌마라는 단어가 나를 지칭했던 순간의 기분을 기억하고 있지 않을까. 순수한 맥락에서 듣는다면 잠깐 당황할 뿐이지만 다툼이나 모욕적인 상황에서라면 더 강렬하게 들리는 호칭이다.

'내가 왜 아줌마야?'라고 분노하면 마치 나이를 먹기 싫어서 아등바등하는 것처럼 더 우습게 보기 때문에 '이제 아줌마지 뭐'라고 결혼하는 순간 지레 체념하기도 한다. 그런데 아줌마라고 불리는 것이 왜 싫을까? 애초에 아줌마 혹은 아주머니라는 단어는 결혼한 여성을 부르는 호칭이었으나, 사실상 호칭 자체로서의 기능은 상당히 퇴색되었다고 봐도 좋을 것이다. 국어사전에도 아줌마는 '아주머니를 낮추어 이르는 말'로 나와 있다. 사전적 의미를 차치하더라도 누군가 나를 아줌마라고 지칭하는 것은 분명히 조금은 불편하고, 어떨 땐 불쾌하다.

나는 나이가 드는 것이 싫지 않다. 물론 싱그러운 젊음이 사그라지고, 피부 결이 나빠지고, 손등에도 주름이 생기는 것이 유쾌할 것까지는 없지만 나이를 먹는다는 것이 내가 가진 것을 잃어가는 과정이라고 생각하지는 않는다. 나이가 드는 건 오히려 없었던 것을 채우고, 약했던 것을 성장시키는 시간들이었다. 10대에도, 20대에도 그 시기에만 겪을 수 있었던 경험과 감정들이 있었으나 그것은 내 인생에 딱 한 번씩이면 충분했다. 그 시간을 통해서 나는 지금의 나를 만들어왔다. 나는 내가 나이 드는 것을 누군가 연민의 눈으로, 혹은 멋대로 내 삶을 끝장내는 듯한 선언으로 대하는 것을 원치 않는다.

그러나 어느 나이대 이상에 접어든 여성은 선생님이거나 트레이너이거나 만화가거나 심지어 동네 이웃, 손님, 사장이기 이전에 '아줌마'가 된다. 그리고 아줌마라는 말은 그들에게 손쉽게 한계를 긋는다. 기본적으로 더 이상 과거와 동일하게 행동하려고 해서는 안 된다는 것을 요구하기도 한다. "아줌마가 어디 외박을 하느냐" "아줌마는 집에서 밥이나 하라"는 말은 퍼즐 조각처럼 자연스럽게 들어맞는다. 나이가 들거나 결혼한 여성, 아이를 낳은 엄마가 화장을 하고 옷을 차려 입으면 "애 엄마가 왜 이렇게 젊게 입느냐"는 소리도 쉽게 듣는다. '아줌마'는 더 이상 사회에서 여성으로 어필하고자 해서는 안 된다는 뜻이다. 더구나 어린 여성을 우월하게, 나이 든 여성을 상대적으로 가치 없는 것으로 바라보는 남성 중심의 시각에서 나이 든 여성은 더더욱 폄하된다.

어쩌면 그건 여성이 다이어트를 하거나 꾸미는 것이 '남성에게 보여주기 위한 것'이라는 발상과 닿아 있는지도 모른다. 자상한 남자친구들은 흔히 너른 마음으로 허락하듯이 여자친구에게 말한다. "대충 입어도 예뻐. 다이어트 안 해도 돼." 물론 그렇게 말하는 마음은 고맙다. 그런데 나는 오직 당신에게 보이기 위해 존재하는 것이 아니다. 내가 원하는 것은 스스로 마음에 드는 나를 만들어가는 것이다. 아줌마든, 엄마든, 하고자 하는 것에 대한 자유를 빼앗길 필요가 없다는 뜻이다.

결혼 후 이사 온 동네는 신혼부부 전형의 행복주택이라서 아파트 한 동 전체에 신혼부부가 살았다. 나이대도 비슷하다 보니 친한 이웃들이 생겨서 종종 집에 놀러가 수다를 떤다. 한 번은 "동네 이웃들이랑 놀고 올게" 하고 돌아오니 남편이 나를 궁금한 눈으로 바라봤다. "아줌마들 모임이야?" 하고 장난스레 묻는 말에서 왠지 싸한 함의가 느껴졌다. 너도 아줌마 수다 떨어? 같은. 나는 황당하게 물었다.

"왜, 우리가 모여서 동네 마트 할인 얘기하고 옆집 남편 흉 같은 거 봤을 것 같아?"

실제로는 거의 고양이 이야기 아니면 회사 이야기를 했다. 대학 친구들을 만나서 수다를 떨 때와 다를 바 없다. 하지만 그 모임을 '동네 아줌마들'로 지칭하면 머릿속에 떠오르는 전형적인 그림은 뻔하다. 생활력만 강한 여자들이 모여, 남편 바가지를 긁거나 가십거리를 떠들고 있을 것이다. 지하철에 타면 가방을 던져 자리를 맡는 뻔뻔한 얼굴이 떠오를지도 모른다.

먹고 살기 어려웠던 우리 윗세대에서는 결혼 후 엄마가

된 여성이 강하고 뻔뻔해야 했던 이유가 있었다. 바깥양반은 돈은 못 벌어도 점잖게 체면을 차리고 가장 대접을 받으며 살면 되지만, 실질적인 살림을 도맡는 집사람은 현실적이고 자질구레한 영역을 떠맡아야 했다. 내 한 몸만 건사한다면 얼마든지 자존심을 지키며 살 수 있지만, 지켜야 할 다른 대상이 생기는 순간 나 자신을 지키는 것은 다음 순위로 밀려나게 된다. "역시 엄마는 강해"라고 감탄할 일이 아니다. 나를 제쳐두고 아이나 가족을 우선순위에 올리는 '아줌마'들에게도 독하다는 시선이 아닌 애정의 울타리는 필요했을 테지만, 우리 사회에서 애틋하고 가엾게 그려지는 것은 결국 '나의 아저씨'들이었다.

그런 '아줌마'의 이미지는 매체나 광고에서도 간편하게 활용해왔다. 한 마트에서 "남편 볶지 말고 쭈꾸미를 볶으세요"라는 광고가 버젓이 붙기도 하고, 게임기를 사는 남편을 괴물로 변해 공격하는 아내의 모습을 담은 광고가 유부남들의 공감을 사기도 했다. 이러한 표현들은 우리 사회가 결혼한 여성을 어떻게 이미지화하고 있는지 보여준다. 물론 논란이 되어 금방 자취를 감춘 광고들도 있지만, 결혼한 여성은 아줌마가 되고 아줌마가 되면 이러한 행동 양식을 보일 것이라는 사회적인 통념은 쉽게 바뀌지 않는 듯해 씁쓸함이 남는다.

“나이가 들어도, 엄마가 되어도 여자”라고 우리는 문득 생각난 듯 말한다. 여자라는 타이틀을 왜 굳이 주장해야 할까? 생각해보면 여성은 결혼과 함께 여성성에서 벗어나 ‘아줌마’라는 특정 카테고리에 들어가기 때문인 것 같다. 심지어 직장에서도 중년 여성은 ‘그래봤자 아줌마’라는 시선에서 완벽히 차단되기 어렵다. 실제로 그 시기쯤 아이라도 낳으면 경력이 멈추게 되고, 자신이 원래 있었던 사회적 지위로 돌아가기 힘들다. 그간 차곡차곡 경력을 쌓아온 남성들은 이제 아이를 낳고 사회적으로 뒤처진 여성들을 ‘아줌마’라고 부른다. 그 단어에 상대를 존중하는 마음이 들어 있는지 생각해보면, ‘아줌마’라는 말이 듣기 싫은 이유는 자명하다. 특히 “이 여자가!” 혹은 “이 아줌마가!”라는 말이 쉽게 나온다는 것은 여자와 아줌마는 나에게 대들면 안 되는 존재이기 때문이다.

이상한 것은 비슷한 중년 남성을 지칭하는 ‘아저씨’는 남성들조차 그리 어색함이나 불편함을 느끼지 않는다는 것이다. 그건 단지 여성들이 나이 먹는 걸 유난히 싫어해서, 여성들이 유독 속이 좁아서일까? 남자는 나이를 먹을수록 매력이 짙어진다고 표현하면서, 여자는 나이가 어릴수록 유리한 것처럼 말하는 사회에 책임이 있는 것은 아닐까.

더욱 문제는 아줌마를 아줌마라고 부르지, 뭐라고 부르느냐는 데에 마땅한 대안이 없다는 것이다. 아줌마라는 단어를 쾌적하게 세탁할 수 없는 이상 우리에게는 아마 다른 호칭이 필요해질 것이다. 호칭이야 아무래도 좋지 않느냐고 생각하는 사람들도 있지만, 호칭은 우리가 그 사람을 대하는 태도에도 영향을 미친다. 말이라는 것이 한순간에 바뀌는 것은 아니지만, 대체적 표현에 대한 고민은 반드시 해보았으면 좋겠다.

여자의 적은
여자라는 믿음

속담에는 항상 양면이 있다. "아는 것이 힘"이라고 했다가 "모르는 것이 약"이라고 한다. "산에 가야 범을 잡는다"고 했다가 "돌다리도 두드려보고 건너야 한다"고 한다. 어떤 것을 선택해 절대 진리라고 정의할 수는 없다. 결국 어떤 상황에 적용되는지 그리고 그 상황에서 우리가 어떤 것을 믿고 싶은지의 문제다. 알아서 이득이 되는 상황에서는 '아는 것이 힘'을 떠올리고, 모르는 게 차라리 나았던 상황에서는 '모르는 것이 약'이라고 하는 것이다.

여자끼리 갈등이 생기면 사람들은 쉽게 "여자의 적은 여자"라는 말을 떠올린다. 그렇다면 남자끼리 싸움이 생기는 상황에서는 어떨까? 직장 내에서나 술자리 다툼 등 남자들끼리 싸움이 일어나는 경우가 그렇게 흔한데도 "남자의 적은 남자"라고 말하지 않는다.

실제로 직장에서 동일한 갈등이 발생하더라도 남성들의 다툼은 건강한 토론으로 보는데 반해 여성들끼리의 다툼은 질투나 시기 등 여성들의 문제로 치부하는 경우가 많다는 실험 결과가 있다. 왜 "여자의 적은 여자"라는 말이 마치 속담처럼, 명제처럼, 진리인 것처럼 쓰이는 걸까? 여성이 이겨야 하는 것이 오직 여성이라고 치부하는 것은 누구에게 좋은 일일까?

약자에게 딱지를 붙이는 것은 쉬운 일이다. 운전 못하는 여자를 '김여사'라고 하고, 명품을 소비하는 여성을 '된장녀'라고 지칭하는 것이 사회 전반에서 통용되고 있지만 같은 상황의 남성을 지칭하는 명칭은 없었다. 여성의 어떤 행동 양식을 남성의 시선에서 가늠하여 그에 대한 꼬리표를 붙이면 그 말에는 권력이 생긴다. 남성이라는 것만으로도 여성을 분류하거나 판단할 수 있다는 착각을 하게 된다.

"여자의 적은 여자"라는 말은 여성이 겪는 문제를 여성들끼리 해결해야 하는 문제로 한정한다. 그 다툼은 건강하지 않은 여성들 특유의 방식으로 이루어진다고 여겨지며, 남성은 그에 대해 방관하거나 판단하는 역할을 맡는다. 한국 사회에서 특히 두드러지게 나타나는 부분이 고부관계다. 제사를 앞두고 음식을 만들어야 할지, 사와야 할지, 누가 언제 와서 어떤 역할을 맡을지 갈등하는 사이에서 남성들은 "역시 여자의 적은 여자야"라며 슬쩍 뒷짐을 진다. 여자들의 문제는 여자들끼리 해결하라는 뜻이다. 남성은 싸움에 끼어 들 필요가 없다. 여자들끼리 다투고 그들끼리 서열을 정하면 그것으로 충분하다.

물론 많은 남편들이 그 사이에서 곤란해 하면서도 그 오래된 전통 안에서 남성의 역할을 스스로 찾지 않는 경우가 많다. "엄마, 왜 내 아내한테 설거지 시켜!"라고 말하는 남성은 있어도 "그건 내가 할게"라고 말하는 남성은 부족하다. 며느리로서 기꺼이 맡아야 하는 역할을 거부하는 여성들에게는 "너희도 나중에 시어머니 된다"는 협박이 돌아온다. 어차피 여성들끼리 계보를 잇게 된다는 것이다.

직장에서는 주로 나이 든 경력직 여성과 어리고 예쁜 신입 여성의 관계, 혹은 직급 높은 남성 상사 아래에 있는 어린 여성 직원들을 대상으로 '여적여' 프레임이 씌워지는 경우가 많은 것 같다. 그들은 더 어리거나 더 예쁜 여성이 다른 여성에게 위협적이라고 생각한다. 여성의 나이가 어릴수록 가치가 높은 것처럼 여기고, 따라서 어린 여성을 부러워하거나 질

투한다고 단정 짓는다. 왜일까? 결국은 그것이 남성들의 영역 하위에 있는, 혹은 남성을 얻는 싸움이라고 생각하기 때문이다. 남성들이 어린 여자, 예쁜 여자를 좋아하기 때문에 그 기준 안으로 들어가기 위해 여성들이 서로를 질투하고 싸우는 것이라는 베이스가 깔려 있는 것이다.

여성은 원래 시기와 질투가 많은 존재라서 자기들끼리 싸울 수밖에 없는 것일까? 하지만 이는 사회적 권력 구조와 결부시켜 생각해봐야 한다. 직장 내에서 남성들은 능력이 좋은 여성이 아니라 순종적이고 예쁜 여성에게 권력을 부여했다. 그것을 스스로의 힘으로 획득하기 위해서 능력을 키우고 성과를 내면 도리어 '기가 세다' 혹은 '독하다'는 평가를 듣기 일쑤였다. 여성들에게 사회적으로 허용된 범위는 부족했고, 싸움의 무기 역시 한정적이었다.

가정에서도 마찬가지로 가부장제 안에서는 오로지 남성만이 권력을 지녔다. 여성은 아들을 낳아야 했고, 아들을 낳아야만 그를 통한 권력을 누릴 수 있었다. 여성이 힘을 가지기 위한 방법은 더 힘이 있는 남성을 차지하는 것뿐이었다. 이러한 구조적 문제 속에서 여성들이 여성들의 한계 내에서 치열해져야 했던 이유를 오로지 여성이라는 이유 안에서 찾는 것이 과연 합당할까?

~~~

"여자들은 진정한 친구가 없어"라는 말도 쉽게 듣는다. 미디어에서도 남성은 의리 있고 뒤끝이 없는 관계로, 여성은 서로를 시기하고 질투하는 관계로 흔히 그려진다. 인간 군상은 다양하며 우리는 각자 수십, 수백 가지가 넘는 다양한 관계를 영위한다.

내 주변에는 한밤중에 불러내도 군소리 않고 만나줄 의리 있는 여자친구도 있고, 툭 하면 삐쳐서 정색하는 남자친구도 있다. 어느 날 지하철에서 갑자기 쓰러졌을 때 나를 의자에 눕히고 눈을 뜰 때까지 지켜봐준 것은 어떤 모르는 아주머니였고, 내가 떨어뜨린 장갑 한 쪽을 주워서 뛰어와 찾아준 모르는 남자분도 기억난다.

아마 많은 여성들이 자신의 삶에서 거쳐 온 수많은 여성 조력자를 기억할 것이고, 반면 나를 공격하거나 위협했던 남성들에 대해서도 떠올릴 수 있을 것이다. 성별을 바꿔 생각해봐도 마찬가지다. 그런데 왜 여자의 적은 남자, 혹은 남자의 적은 여자라고는 하지 않는가?

여자의 적은 여자라고 믿음으로써 그들은 여성들의 세상을 편리한 대로 재단하고 있는지도 모른다. 생각하는 대로 말하는 것 같지만, 때로 우리는 말하는 대로 생각하게 된다. 유
~~~

난인 것 같아도, 예민해 보이더라도, 우리가 아무렇지 않게 해온 말들이 어떤 세상을 믿게 하고 있는지 한 번쯤은 되짚어 봐야 한다.

82년생 김지영이 왜 불편한가요?

근거 있는 이야기인지는 모르겠지만 남자의 평균 수명이 여자보다 짧은 이유가 '울지 않아서'라는 말을 들은 적이 있다. 어릴 때부터 감정을 억누르는 것에 익숙해지도록 배웠기 때문에 힘들거나 슬플 때도 마음껏 감정을 표출하지 못하고, 그것이 수명을 깎아먹는 스트레스로 작용한다는 것이다. 한때 남자는 태어나서 세 번만 울어야 한다는 말을 좌우명처럼 새기고 살던 남자들도 많았으니 영 없는 말은 아닐 것도 같다. 그리고 그건 남자들에게 씌워지는 일종의 코르셋이었다. 약한 모습을 보이는 것, 힘들 때 펑펑 울어버리는 것은 나쁜 것도 아니고 부끄러운 일도 아니지만, 많은 남성들이 솔직하게 표현하는 법을 이미 잊었다. 성인이 된 그들은 이제 누군가가 혼내고 억압해서가 아니라, 스스로 그걸 자존심 상하는 일로 여기고 눈물을 참는다. 그러나 감정을 솔직하게 표현하지 못하는 억압의 울타리를 지니고 살아간다는 것은 남성에게든 여성에게든 힘든 일이다.

남녀의 성향은 타고난 차이도 있겠지만 사회적으로 만들어온 틀도 있다. 남자는 씩씩하고 용감해야 하고 여자는 얌전하고 조신해야 한다는 전형적인 교육이 현대에 많이 없어지기는 했지만 그래도 여전히 곳곳에 남아 있다. 그것은 단순히 우리의 성격을 정해놓는 데에서 그치지 않고 여성들의 사회 진출을 막았고(여자가 집에서 애나 볼 것이지, 어딜 나와?) 사회적으로 중요한 역할을 남성들에게 일임했다(처자식을 먹여 살려야…).

그 결과 여성들은 자신으로 살아갈 기회보다 아내나 엄마로서 살아갈 기회가 많았고, 그 자리는 존중받기보다 희생해야 할 때가 많은 위치였다. 남성들은 과중한 책임감에 시달리는 한편 집안에서 그만큼 존중받아야 한다는 가부장제의 혜택을 누리기도 했다. 그런 식으로 우리는 성별에 따라 정해진 경로를 자연스럽게 따라왔다.

그건 너무나 익숙해서 이상한 줄도 몰랐던 일들이었다. 치킨 한 마리를 온 가족이 먹던 시절에 당연히 아빠와 남동생이 다리를 하나씩 먹었고, 아빠는 돈을 벌고 엄마는 요리와 빨래를 했다. 대학생 때 남자 선배가 "술자리엔 여자가 있어야 돼" 하고 말하면 그 자리의 남자들이 부끄러운 줄도 모르고 동의했고 나 역시 그저 그렇구나 하고 고개를 끄덕였다. 큰맘 먹고 예쁜 것을 사거나 여행을 갈 때면 '나중에 결혼에서 아기 낳으면 이런 것도 못할 텐데…' 하고 무의식중에 내 미래의 한계를 스스로 정했다. 우리가 단지 성별에 의해 어떤 것을 누리고 있는지, 어떤 것을 포기하고 있는지 자신조차 몰랐다. 그건 무엇을 희생하며 구축한 평화였을까.

그런 와중에 《82년생 김지영》이 불편하지만 남들도 다 그렇게 사니까 차마 말하지 못했던 현실에 대해 하나의 커다란 물꼬를 텄다. 많은 여성들이 지금껏 불편해도 참아왔던 일들, 우리끼리 모여 하소연하고 끝났던 일들, 당연하게 생각해왔던 일들에 대해 의문을 갖기 시작했다. 그리고 목소리를 내기 시작했다. 그 과정에서 내가 남성들로부터 가장 많이 발견한 것은 현실 외면과 반발이었다.

그들은 여성들이 현실을 인지하고 문제의식을 갖기 시작하는 것을 견디지 못하는 듯했다. 그래서 늘 웃고 애교부리는 수동적인 존재여야 했던 아이돌이 《82년생 김지영》을 읽었다는 이유만으로 참을 수 없이 분노하고 안티로 돌아서거나, 그 영화를 선택한 배우를 이제 무조건 거르겠다며 배신감을 느끼고 마는 것이다. 이때 그들이 분노하는 근거는 무엇일까. 무엇을 막기 위해 그 소설을 마치 금기처럼 위험하게 대하는 것일까. 여성들이 살아온 삶의 실체를 들여다보기도 전에 억누르려 하는 이유가 뭐였을까. 여성들이 겪은 고통에 공감하는 것이, 그래서 세상이 바뀌는 것이, 그들이 누려온 당연한 세상을 여성들과 나누어 가질 것이 두려웠을까. 현실을 똑바로 바라보는 것만으로 여태껏 겪었던 세상의 불평등함을 깨닫는 걸 피하고 싶었을까.

변화가 탐탁지 않은 사람들도 있을 것이다. 지금까지 잘 살아왔는데 이제 와서 왜 변화가 필요할까? 여성 인권이 높아진다는 건 역차별이 아닌가? 남성이 왜 기득권층이야? 나도 먹고 살기 힘든데.

특히 커뮤니티나 기사에 댓글을 다는 많은 남성들은 모든 것을 덮어버리기에 급급하다는 인상을 준다. 지금까지 당연히 누리던 것을 빼앗기고 싶지 않은 사람들은 그저 모든 것을 이대로 유지하기 위해 변화를 거부한다. 남녀가 동등해진다는 것이 어떤 모습인지조차 우리 사회는 모른다. 눈을 감고 귀를 막으며 페미니즘을 반박하고, 심지어는 황당한 정신병 정도로 여겨버린다.

특히 20, 30대 남성에게서 가장 격렬한 거부 반응이 일어나는 원인은 여러 가지가 있을 것이다. 여성들이 억압당함으로써 남은 혜택을 남성들이 누렸다는 것을 인정하기 싫어서일 수도 있고, 그들이 스스로 기득권층이라는 것을 받아들이기 힘들어서 그렇기도 하리라. 여성들이 살기 힘든 세상이라고 해서 남성들이 왕족이나 귀족처럼 잘 먹고 잘 살고 있다는 뜻은 아니다. 페미니즘 논란에서 비아냥거리는 주된 20대, 30대 남성들은 여성들과 마찬가지로 취업난을 겪었으며 내 집 마련은 먼 꿈같은 일이다. 특히 20대 남성들은 군대 문제 때문에 여성들에 비해 사회 진출에서 뒤쳐졌다는 초조함을 느낀다. 사무실에서 무거운 물통을 옮기고, 야간 근무를 하고, 데이트 비용의 불공평함, 결혼할 때 집을 마련해야 한다는 부담감…. 그런데 자신들이 대체 무엇을 누렸느냐는 의문을 갖는 것도 이해가 된다.

그러나 그 모든 것을 말 그대로 인정한다고 한들 그러한 단면만 보고 역차별이라고, 혹은 평등 사회라고 주장할 수 있을까. 같이 결혼하고 아이를 가져도 여성들만이 경력 단절을 고민하고 사회적 경쟁에서 도태된다는 것, 야간 근무를 하고 귀가하는 밤길에 언제 범죄의 대상이 될지 모른다는 것, 며느리로서 불합리한 노동을 떠맡아야 한다는 것, 결국 30대가 넘어서면 남성들이 주를 이루는 사회에서 재취업조차 어렵다는 것에 우리 사회가 진심으로 관심을 가진 적이 있었던가.

여성이 아니면 겪을 필요 없었던 사소하고 중요한 어려움을 여태껏 남성들은 접할 기회도, 그럴 필요도 없었던 것이 사실이다. 결혼이나 육아로 회사에서 승진 시 불이익을 얻거나, 성희롱을 겪고도 내 탓인가 싶어 자책해본 적 없을 것이다. 며느리가 시어머니 곁에서 요리를 하고 점수를 따는 것을 꿈꿨던 결혼생활이라 여기고 흐뭇하게 바라봤을 것이다. 우리가 솔직하게 서로의 고통을 드러내기 시작했다면 사회가 변하기 위해 함께 노력해야 하는 것이 아닐까.

남자친구나 남편에게 여성으로서 겪었던 공포나 불리함에 대하여 말하면, 함께 분노할지언정 그 일을 우연히 발생한 하나의 에피소드로 여기는 경우가 많다.

"그날 네가 운이 나빴던 거 아니야?"

남성을 왜 잠재적 범죄자 취급하느냐고 묻기 이전에 현실에 대해서 제대로 직시할 필요가 있다.

그들은《82년생 김지영》이 아주 일부의 경험을 극단적으로 부풀려 놓았다고 주장한다. 내가 겪지도 않았고 겪을 걱정도 없는 일이라면 어째서 많은 여성들이 이토록 공감할 수 있었을까? 남성들이 만약에, 미처 몰랐던 세상을 들여다보는 방향으로 그 소설을 접했다면 벌써 많은 것이 달라졌을 것이다. 그러나 그 대신 많은 남성들이 그보다 과중하다고 생각하는 자신들의 고충을 들이민다. 남성들의 삶이 힘들었다면 여성들의 고통은 상쇄되어 사라지는 것인가.

애인이나 배우자와 다툴 때 안 좋은 시나리오가 있다.

"네가 이래서 나 너무 서운했어."
"나는? 저번에 너 때문에 내가 더 서운했어!"

이런 식으로는 끝없는 싸움만 이어질 뿐이다. 일부 남성들은 지금 듣고 싶어 하지 않는다. 여성들이 목소리를 내어 하는 이야기에 대해서 알고 싶어 하지 않는다. 여성들의 고충을 남성 사회에 대한 공격으로 받아들이고 날을 세워 방어막을 치고 있다.

나도 먹고 살기 힘들지만 다른 사람이 힘든 직장생활을 하고 있다고 했을 때 우리는 무작정 귀를 막지 않는다. 나도 힘든데! 내 삶이 이렇게 힘든데 무슨 소리야? 그러나 적어도 정말 싫어하는 사람이 아니라면 그 사람은 어떻게 힘든지 잠시 귀 기울여 들어볼 것이다. 나도 힘든데 저들도 힘들구나. 이런 삶도 힘든데 저런 형태의 삶도 사실은 힘들구나. 그 정도의 공감에 엄청난 노력이 필요하지는 않으리라.

지금 남성들의 인권 향상에 대한 주장은 그 자체로서 의미를 지니기보다 오직 여성들의 주장에 대한 반작용으로서만 강력한 목소리를 내고 있다. 그조차도 대부분은 '듣기 싫으니 이제 그만 좀 해라'라는 식이다. 반면 남성들이 겪는 고충을 주장하면서도, 스스로 남성으로서의 억압에서 벗어나기 위한 노력을 하는지는 모르겠다. 여성들이 전통적인 여성상에서 벗어나기 위해서 목소리를 내는 동안, 남성들은 도리어 '가부장적인, 자유롭게 여성을 대상화하는 한편 모성만을 찬양하는, 남성으로서의 권위를 강화하는' 방향을 유지하기 위해 목소리를 내고 있지는 않은가. '페미니 뭐니 시끄럽게 만들지 않으면 이대로도 괜찮다'고 버티고 있지는 않은가. 그들은 페미니즘이라는 단어 자체가 나를 욕하고 비난하는 도구라고 생각하고 있다. 지금까지 문제의식 없이 해온 일들이 문제시되는 걸 참을 수 없는 것이다. 죄책감 없었던 일에 죄책감을 부여하는 게 당장은 불편할 수도 있다. 하지만 그걸 들여다보려 하지 않으면 더 나아지는 건 아무것도 없다.

자신이 겪은 불합리함이 있다면 그 원인을 되짚어서 새로운 시스템을 만드는 데 힘쓰는 것이 건강한 사회다. 물론 쉽지 않다. 사람들의 마음과 힘을 모으기도 어렵고, 그 가운데서 혼자 버티고 서는 것도 어렵고, 무언가를 바꾸는 것은 대단히 어려운 일이다. '내가 힘들었으니까 너희도 힘든 걸 마땅히 참아야 한다'고 주장하는 것이 더 쉽다. 그러나 쉽고 간단하게 애꿎은 곳에 화살을 돌려서는 아무것도 나아지지 않는다. 우리는 지금 어려운 길 앞에 서 있다. 가는 길은 멀고 험할 것이다. 나는 내 아빠, 남동생 그리고 내 남편이 그 길을 걷는 내 손을 잡아주길 바라고 있다.

낙태에 대해 논의하는 사람들

피임약을 꽤 오래 먹었다. 이성 교제를 하다가 임신이라도 하면 큰일이라고 엄마가 나의 여고시절부터 어찌나 겁을 줬는지, 혼전 임신에 대한 불안감이 높았던 내게는 "내 몸을 스스로 지킨다"는 피임약의 카피가 꽤 상쾌하게 느껴졌다. 콘돔 피임율도 100%가 아니라는데, 피임약은 스스로 컨트롤할 수 있는 가장 안전한 피임 방법이었다.

하지만 오랫동안 피임약을 복용하다 보니 매일 같은 시간에 약을 먹는 게 귀찮기도 했지만 내 몸의 흐름을 인위적으로 바꾸고 있다는 것이 은근히 신체적, 정신적 부담으로 작용했다. 무엇보다 피임의 주체가 내가 됐을 때 상대방은 같이 관계를 가지면서도 그에 따라오는 책임을 상대방에게 미루게 된다는 느낌을 받을 때가 있었다. 한 번은 내가 잠들기 전에 피임약을 실수로 빼먹었다는 것을 깨닫고 말하자, 남편이 약을 가져다주면서 경고성 으름장을 놨다.

"너 그러다 임신한다?"

나는 기가 막혀서 순간 대꾸를 못 했다. 그의 입에서는 어떻게 저런 말이 별 생각 없이 튀어나올 수 있을까. 그러다 임신해서 아이가 태어나면 본인의 아이이기도 한데…. 정신을 차리고 이내 베개를 던졌다.

"그거 협박이니? 임신이 나만의 문제야?"

피임과 임신, 출산과 육아에 이르기까지의 모든 과정은 여자만의 것이 아니다. 여성의 몸을 거쳐 이뤄진다는 이유만으로 그것을 내가 사는 세계 바깥의 일인 것처럼 무책임하게 느끼는 남성들도 있는 것 같다. 애초에 왜 피임의 주체는 대개 여성에게 치우쳐져 있을까? 아직도 남성용 피임약이 상용화되지 않는 이유는 제약 기술의 부족함 탓이 아니라고 한다. 남성용 피임약 발매 시도는 꾸준히 있어왔으나 남성들이 이 소식을 딱히 반기지 않는 분위기라는 것이다.

남성이 피임약 복용을 꺼리는 가장 큰 이유는 부작용인 듯하다. 특히 성 기능에 문제가 생기는 것이 아닌가 하는 불안감이 크게 작용한다. 그런데 피임약의 작용 기제는 남성용이든 여성용이든 기본적으로 호르몬 조절이다. 지금 시판되고 있는 여성 피임약에도 수많은 부작용이 깨알 같은 글씨로 빼곡하게 적혀 있다. 남성들이 피하고 있는 그 부작용을 여성들은 이미 고스란히 감수하고 있다. 결국 남성용 피임약이 상용화되기 어려운 것은 피임의 부담을 여성에게 지우는 기존의 인식이 쉽게 바뀌지 않는 탓도 큰 듯하다.

중요한 문제는 그나마 남성 피임법으로 알려진 콘돔 사용조차, 남자친구가 원하지 않으면 여자친구가 더 이상 요구하지 못하는 경우가 많다는 것이다. 콘돔을 사용하는 것이 '덜 좋다'는 이유로 여성의 몸에 원치 않는 임신의 위험 부담을 지우게 되는 경우가 많다. 실제로 2015년 질병관리본부 보고서에 따르면 남성 중 성관계 때 콘돔을 항상 사용하는 비율은 11.5%에 불과했다고 한다. 강제로 씌울 수도 없고, 콘돔을 사용하지 않는 게 불법도 아니니 불안해하며 고민하는 것 말고는 여성이 할 수 있는 일이 없다. 만약 내 남자친구가 선심 쓰듯 제공하는 가장 너그러운 피임법이 결코 안전하지 않은 질외사정이라면, 일단 피임법에 대한 올바른 공부가 필요하다.

여자친구와 관계 도중에 몰래 콘돔을 제거한 남성에 대해 독일 법원에서는 유죄 판결을 내렸다고 한다. 결혼한 부부라고 해도 딩크로 합의했으나 남성이 아이를 원해서 성관계 중 몰래 피임 기구를 제거하거나 콘돔에 구멍을 뚫어 여성이 임신하게 되는 경우가 종종 있다. 여성의 동의 없이 일방적인 임신이 이뤄진 것이지만 우리나라에서는 이에 대한 마땅한 처벌 방법이 없다. 원치 않는 임신을 했더라도 기존에 낙태는 불법이었기 때문에, 결국 그 이후에 일어나는 일은 여성이 대부분 감내할 수밖에 없었다.

심지어 이 점을 이용하여 뻔뻔하게 여성을 협박하는 경우도 있었다. "너 나랑 헤어지면 낙태한 거 신고할 거야" 혹은 실제로 이혼 소송 중이었는데도 "나는 낙태를 동의하지 않았다"며 여성을 궁지로 몰고 간 남편의 사례도 있었다고 한다. 낙태를 온전히 여성의 잘못으로 보고, 자신은 전혀 책임질 필요도, 이유도 없다고 생각하기 때문에 벌어지는 일이다. 그들이 정말 낙태를 '죄'라고 생각한다면, 낙태를 고발하는 것은 자기 자신을 신고하는 것과 동일시해야 한다. 하지만 그들은 낙태는 오로지 여성들만의 죄라고 여기곤 했다.

2019년 4월, 헌법재판소는 비로소 낙태죄에 대한 헌법불합치 결정을 내렸다. 그리고 관련 법 조항을 2020년 12월 31일까지 개정하기로 판결했다. 폐지 결정에 이르기까지 흔히 말하는 낙태, 임신 중단에 대한 갑론을박은 끊임없이 이어져 왔다. 특히 낙태죄 폐지에 대한 논쟁의 중심에는 여성의 자기 결정권과 태아의 생명권 중 어느 것을 더 우위에 둘 것인가 하는 문제가 놓여 있었다.

낙태죄 폐지를 반대하는 이들의 주장과 같이 태아를 비롯한 모든 생명이 소중하다는 전제에 반대할 사람은 없을 것이다. 그러나 여성이 임신 중단을 선택하게 되는 이유는 태아의 생명권을 중요하게 여기지 않아서가 절대 아니다. 오히려 출산 이후에 여성 자신과 태어난 아이에게 생기게 될 일에 대해 누구보다 고민하고 실감하는 것이 당사자 여성일 것이다. 결혼 후에 생긴 아이라 해도 당연하게 출산할 수 없는 사람들도 있다. 한 생명을 책임지기에는 아직 우리 스스로를 책임지기도 버거운 것이 지금의 현실이기 때문이다. 그 결정들이 정말로 생명 경시에 뿌리를 두고 있다고 볼 수 있을까.

태어나지 않은 태아의 생명권만큼이나 살아 있는 여성이 사회적으로 인간답게 살 수 있는 권리도 중요하다. 여성이 자신의 몸으로 아이를 낳을지 말지 결정하는 과정에는, 남성의 "내가 책임질게" 즉 "결혼하면 되지"보다 훨씬 더 많은 고민이 담겨 있을 수밖에 없다. "내가 책임질게"는 보통 "네가 임신하고 아이를 낳을 동안 내가 돈을 벌어서 먹여 살릴게"와 동의어일 때가 많은데, 이때 여성은 임신했다는 이유로 스스로 자신을 책임질 수조차 없는 상황에 놓인 셈이다. 계획하지 않은 임신을 했을 때 내가 선택할 수 있는 것이 상대방이 말하는 책임에 나를 맡길지 말지 결정하는 것뿐이라면 누구나 두려울 수밖에 없다. 여성이 아기를 낳기 위해 필요한 것은 경제적 능력만이 아니다.

이 시점에서 결국 출산을 포기한 여성을 처벌해야 한다면 그것은 출생률에 기여하지 않기로 결정한 여성에 대한 처벌일까, 낳을 수 없는 아이를 가진 행위 자체에 대한 처벌일까, 아이를 낳을 수 없다는 선택을 하게끔 만든 국가에서 태어난 것에 대한 처벌일까. 국가의 역할은 '낙태는 범죄'라는 으름장이 아니라 임신 중단 여부부터 출산 이후의 육아까지 모든 과정에서 자유롭고 안전하며 다양한 선택들을 할 수 있도록 도와주는 것이어야 하지 않을까.

그러나 기존의 낙태죄는 오로지 여성에게만 법적 책임을 부여했으며, 낙태 경험이 있는 여성에게는 책임감 없고 이기적이라는 사회적 시선이 쏠렸다. 미혼 여성이 임신을 하거나 미혼모가 아이를 낳아 키우면 쉽게 손가락질하는 사회에서, 아이를 낳아 키우는 이후의 삶은 오직 당사자들에게만 무거운 무게로 지워졌다. 임신 후 남성들이 자취를 감추거나 나와는 상관없는 일인 척 도망치는 것은 그에 비하면 너무나 쉬운 일이었다. 동남아에서 성매매로 여성을 임신시키고 자신과는 상관없는 일인 양 한국으로 돌아오는 일부 남성들처럼.

2017년에 낙태죄를 폐지해달라는 청와대 청원에 대해 조국 민정수석이 답변하는 과정에서 프란치스코 교황의 발언을 인용한 것에 대해 천주교의 반발이 있었던 적이 있다. 조국 수석은 "프란치스코 교황이 임신중절에 대해 '우리는 새로운 균형점을 찾아야 한다'고 말씀하신 바 있다"고 발언했는데, 이에 대해 기독교에서는 '교황의 말씀을 잘못 해석한 것'이며 "낙태에 반대하는 교황의 입장은 변함없다"고 반박한 것이다. 천주교의 입장에 대하여 조국 수석이 직접 주교회의 생명위원회에 찾아가 사과했다. 청와대에서 하고자 했던 답변의 방향과 별개로, 천주교의 주장을 오해의 소지가 있게 전달한 것에 대한 사과였다.

나는 종교인도 아니고 어떤 종교의 교리에 대해 왈가왈부하고 싶지 않다. 다만 이날 내가 답답함을 느꼈던 것은 임신과 임신중절은 여성의 몸에서 일어나는 일이고, 이로 인해 삶이 송두리째 뒤바뀔 수 있는 당사자가 여성임에도 불구하고, 낙태가 '용서받을 수 있는 일인지, 용서받을 수 없는 일인지' 언급하거나 '새로운 균형점'이란 무엇인지 해석하며 그 자리에 모인 사람들이 모두 남성이었다는 점이다.

이날 이외에도, 임신중절에 대해 처벌할 것인지 법적으로 논의하는 주체는 대부분 남성들이고, 그들이 여성들의 의견을 충분히 수렴하거나 임신 이후 삶에서 일어나는 일에 대해 명료하게 실감하고 있는지는 의문이다. 가임기 여성의 숫자를 우리나라의 출산율 계산에 사용하거나 아이를 낳지 않는 여성을 국가에 이바지하지 않는 이기적인 사람으로 치부하는 것은 그들 자신의 일이 아니기 때문이다. 이는 버스비가 얼마인지도 모르는 국회의원이 경제를 살린다고 나라의 정책을 만드는 것과 마찬가지로 무의미해 보인다.

1960년대 무렵에는 산아 제한을 위해 정부에서 오히려 낙태 시술을 장려했다고 한다. 당시 이후부터 낙태죄는 약 50년 동안 효력을 잃고 사문화되어 있다가, 2009년도에 저출산에 대한 대책으로 다시 단속이 강화되며 불법 낙태 시술기관 신고센터가 생기기도 했다. 그러니까 낙태를 죄로 규정하는 것은 여성의 인권이나 태아의 생명권보다는 국가의 인구수 조절과 더 관련이 있었던 셈이다. 이는 낙태를 허용하면 출생률이 줄어들 것이라는 우려에서 출발한다. 하지만 실제로 임신중단율과 출산율이 관계가 없다는 연구 결과를 굳이 인용하지 않더라도, 여성으로서 전혀 와닿지 않는 이야기다. 낙태죄 폐지는 생명 경시를 정당화하자는 뜻이 아니며, 또한 결코 위헌 결정으로 인해 언제든 마음 편하게 임신하고 자유롭게 임신 중단을 선택하는 여성들이 늘어나지도 않을 것이다. 임신중절은 무엇보다 여성의 몸과 정신에 영향을 미치는 행위고, 굳이 좋아서, 쉬워서 선택하는 경우는 없다. 낙태법 위헌 결정이 출생률 감소로 이어질 것이라는 건 여성을 인권이 아니라 출산을 위한 통로 정도의 신체적인 요소로만 생각했을 때 할 수 있는 말이다.

원치 않는 임신을 했을 때, 그 몸은 국가의 것이 아니라 여성 자신의 것이므로 개인의 선택이 무엇보다 존중받아야 하지 않을까. 태아의 생명권은 중요하지만, 그 생명은 국가가 아니라 여성의 피와 살을 통해 자라난다. 따라서 출생률을 높이기 위한 국가의 노력은 어떤 과정으로든 최대한 많은 아이를 탄생시키는 것에 초점을 맞출 것이 아니라 여성의 신체, 인권, 출산 이후의 사회적 차별 요소 등을 모두 감안하여 실제로 아이를 낳고 키울 수 있는 환경을 갖추도록 할 필요가 있다. 낙태죄 헌법불합치 결정 이후, 이제는 보다 안전한 임신 중단을 위한 시스템뿐 아니라 건강한 사회적 변화에 대해 더욱 구체적인 고민들이 이어져야 할 때다.

2

나의
평범한 한국 남자친구

좋아서 꾸미는 거 아니냐고요?

"…살 빠지신 것 같네요."

일 때문에 가끔 만나는 미팅 자리에서 남자 분이 나를 물끄러미 훑어보며 말했다. 나는 말없이 잠시 그를 쳐다봤고, 대꾸하지 않았고, 이내 그 생각을 머릿속에서 털어냈다. 만날 때마다 외모에 대해 한마디씩 코멘트를 달지 않아도 괜찮다고 말해줄 걸 그랬나, 잘 모르겠다.

업무상 미팅이 있거나 일 때문에 알게 된 사람을 만나러 갈 때, 나는 거울 앞에 서서 매번 조금씩 고민한다. 그래도 화장은 하는 게 낫겠지? 그리고 재빨리 눈으로 서랍장 위를 훑어본다. 쓸 만한 화장품이 있는지 확인하는 것이다. 얼마 전까지 쓰던 샘플 CC크림이 다 떨어진 후로 새 화장품을 사지 않아서, 가지고 있는 건 수분크림과 립스틱 그리고 선크림뿐이다. 그래도 화장을 하긴 해야겠지? 다시 한 번 자문하고는 조만간 화장품을 사러 가야겠다는 생각을 한다.

프리랜서인 직업 특성상 일 때문에 사람을 오프라인에서 만나는 일이 자주 있지는 않기 때문에 항상 그날 아침이 되어서야 화장품을 스캔한다. 화장을 귀찮아하기 때문이고, 그럼에도 어떤 자리에서는 화장을 해야 한다고 생각하는 건 그들을 당황시키고 싶지 않기 때문이다. 내가 적절한 예의를 갖춘 사람이라고 믿게 하기 위해서다. 그렇게 행동함으로써 나는 화장을 하는 것이 여성의 대외적인 얼굴의 기본이라고 여기는 사회적인 기준이 사라지지 않는 데에 동참하고 있는지도 모른다. 내가 업무를 처리하는 데에 예쁘고 고운 외모가 늘 옵션으로 따라붙어야 할까?

요즘에는 워낙 유튜브가 활성화되다 보니 간단한 인터뷰도 영상을 통해서 하는 경우가 많아졌다. 내가 대단한 사람도 아니고, 특별히 얼굴을 숨겨야 하는 것도 아니라서 지난 출간 후 몇 번인가 영상 인터뷰를 하면서 마음 한편에는 솔직히 그런 걱정이 있었다. 누가 내 얼굴을 욕하면 어떡하지? 불특정 다수에게 얼굴을 드러내는 순간 세상이 냉정하게 들이미는 '얼굴 평가'로부터 자유로울 수 없다는 사례를 수없이 접했다. 지나가다가 우연히 TV 프로그램에 나오게 된 일반인부터 연예인들의 사적인 사진, 캡처, 유튜버들 모두 제일 먼저 얼굴에 대한 평가를 받았다. 때로는 받아들이는 사람도 웃음으로 넘어갔지만 분위기를 싸하게 만들지 않기 위해 웃어줄 수밖에 없는 순간들도 있었을 것이다.

"오늘 화장 잘 됐네" "너 살 빠져 보인다" 그런 말이 칭찬으로 작용하는 데에는 어떤 전제가 깔려 있을까. 외모를 꾸미고 마른 몸매를 갖는 것이 우월감을 안겨주는 반면 반대의 경우에는 사람을 의기소침하게 만든다. 나의 기분이나 행복도가 다른 사람의 판단을 기준으로 결정되는 것이다. 더 중요한 건 매 순간 그들이 나를 판단하고 있다는 걸 깨닫게 된다는 점이다. 집 밖으로 나오는 순간 누구든 나의 얼굴과 몸매를 살피고 관찰하고 평가하고 있을지도 모른다는 사실. 외모에 대한 칭찬 혹은 우스갯소리가 싫은 것은 바로 그 때문이다.

그가 나를 칭찬했다고 해서 내가 그의 칭찬을 감사히 여겨야 하는 것은 아니다. "예쁘게 생겨가지고 성격은…"이라는 불평에는 예쁜 얼굴을 한 여성은 남성의 감상 대상이기 때문에 마땅히 순종적인 존재여야 한다는 생각이 깔려 있다. 특히 일터에서 여성의 외모나 몸매에 대해 말하는 것은 불필요하다. 나는 당신의 꽃이 되려고 이곳에 있는 것이 아니다.

사실 그런 것을 의식하기 시작하면 칭찬을 받는 것뿐 아니라 칭찬을 하는 것도 너무 어렵다. 서로를 만나 "오늘 예쁘다" "살 빠진 것 같다" "어려 보인다"고 외모에 대해 말하는 것은 너무 오랫동안 익숙해져온 일이고, 그 동안 그것을 칭찬으로 여겼기 때문이다. 다만 의식하지 못하는 동안 내가 그 칭찬에 의해 통제받고 있었으며, 그로 인해 여성의 코르셋이 조금씩 강화되고 있었다는 걸 조금씩 알게 되었다. 칭찬 자체는 나쁜 것이 아니지만, 발화 과정에서 고민이 필요한 시점인 것은 분명하다.

한 번은 남편이 물었다.

"근데 여자들도 좋아서 꾸미는 거 아니야?"

그건 탈코르셋을 두고 여성들 스스로도 많이 고민하는 문제인 것 같다.

"나는 화장하는 게 좋은데… 페미니즘을 위해서 꼭 탈코르셋 해야 할까?"

페미니즘을 위해 내 욕구를 꼭 억눌러야 하는 건 아니다. 내가 스스로 원하는 외모를 추구하는 건 건강한 몸을 만들고 싶은 욕구만큼이나 자연스러운 것이고, 누구도 뭐라 할 수 없는 일이다. 다만 생각해볼 만한 것은 내가 추구하는 외모의 기준이 어디에서 왔느냐는 점이다.

나이가 들면 피부 탄력이 떨어지고 주름이 생기는 건 너무나 자연스럽고 인류 전체가 겪는 일이다. 그런데 무엇이 우리가 외모적으로 나이 드는 현상을 거부하고 싶게 만들었을까? 특히 남자 중년 연예인들을 보면서 매력적인 주름을 칭찬하는 것과 달리, 왜 여자 연예인들은 40대에도 50대에도 젊어 보이고 탄력 있는 피부를 가지고 있는 것을 칭찬하게 되었을까? 그 일관적인 미의 기준이 오로지 개개인의 내부에 원래 담겨 있던 가치관은 아니리라 생각한다. 사람은 제각기 다른 개성을 가지고 있고, 다양한 삶을 추구하기 마련이니까.

지금 우리에게 없는 것은 이 모든 억압에서 빠져나가 개인이 내키는 대로 살 수 있는 자유에 이르는 탈출구다. 탈코르셋을 누가 누구에게 강요할 수는 없다. 하지만 탈출구를 열기 위해 일부가 싸우고 있어도 일부가 여전히 순응하고 있으면 변화가 이뤄지기 어려운 것도 사실이다.

동네에서는 굳이 화장의 필요성을 느끼지 못하면서도 강남 한복판에서 친구들을 만날 때 맨얼굴로 나가는 것은 여전

히 내 마음을 불편하게 한다. 꾸미지 않았을 때 내가 불편하고 자신감이 떨어지는 것을 어떻게 견뎌야 할지 잘 모르겠다. 사회가 원하는 대로 '용모 단정한(화장한) 여성'이 되면 당장 대외적으로는 불편할 게 없다. 하지만 그럼에도 내가 탈코르셋에 동참하고 싶은 이유는, 언젠가 '꾸미는 자유'를 스스로 선택하고 싶기 때문이다.

남편에게는 이렇게 대답했다.

"꾸미지 않을 자유가 있어야 '좋아서' 꾸밀 수 있게 되잖아. 둘 중 하나를 선택할 권리가 있을 때 '좋아서' 한쪽을 선택할 수 있게 되는 거지. 꾸미지 않았을 때 불편한 반응을 느껴야 하는 세상에서는 '꾸미지 않을 자유'가 없어."

머리를 짧게 자르고 화장을 하지 않으며 치마를 입지 않는 것이 페미니즘의 근원은 아닐 것이다. 남성과 여성 모두에게 필요한 것은 그저 선택의 자유다. 원하는 옷을 입고, '~답게' 보이지 않아도 되는 자유. 그리고 더 중요한 것은 그게 내 마음을 불편하게 하지 않는 자유여야만 한다는 점이다.

그래서 우리가 결국 이르러야 하는 지점은 '그럼에도 나는 꾸밈 노동을 거부한다'라기보다는, '다른 사람의 꾸밈 정도를 의식하여 상대방을 평가하지 않는 사회'라고 생각한다. 그곳에서 우리는 더 이상 꾸미지 않은 것에 대한 창피함, 죄책감 같은 것을 굳이 감당할 필요가 없을 것이고, 내가 입고 싶은 것을 입고, 하고 싶은 만큼 화장하는 권리를 누릴 수 있을 것이다.

최소한 반사적으로 다른 사람을 평가하거나 검열하지 않도록 스스로 노력하는 것이 첫 번째다. 무심코 "너 살쪘어?" 묻고 "자기관리 부족"이라고 지적하는 사회에서 탈코르셋은 진정한 의미에서 이루어질 수가 없다. 스스로의 모습을 사랑하고 자신감을 갖는 것을 오로지 개인의 멘탈 문제로 한정시킬 수는 없다. 그건 개인의 문제이기도 하지만 더 이상 "너 살쪘어?" "오늘 화장 안 했니?"라고 질문하지 않는 사회를 만드는 데 대한 우리의 숙제이기도 하다.

페미니즘 언급하다
헤어지면 어쩌죠?

마트에 갔다가 주차된 자동차 하나가 주차 선을 넘어 다른 자리를 막고 있었다. 빈자리를 발견하고 주차하려고 다가갔던 남편이 그걸 보더니 반사적으로 말을 내뱉었다.

"아, 이 아줌마가!"

그때부터 우리 사이에는 위험 신호가 반짝 켜진다. 남편의 빠른 반성이 먼저냐, 앞서 한 말을 덮기 위해 괜히 쓸데없는 말을 더 하다가 싸움으로 이어지느냐 하는 눈치 싸움이 시작되는 것이다.

"뭐? 저 차 주인이 여자인지, 남자인지 어떻게 알아."

"음…. (재빨리 변명거리를 생각한다) 차가 여자처럼 생겨서?"

"(더 째려본다) 그런 성 차별적 발언 하지 말라고 했잖아."

"(변명 실패) 맞아… 알았어."

다행히 남편의 인정이 빨랐다. 여기에서 만약 "그게 뭐! 여자가 운전 못하는 게 사실이니까 그렇지. 저런 거 백 프로 김여사야!" 같은 말이 튀어나오면 본격적인 싸움이 시작되는 것이다. "집에 가서 밥이나 하지, 왜 차를 몰고 기어 나와?" 같은 발언이 만연한 도로는 애초에 여성에게 공정하지 않다. 특히 내 남편처럼 이제 막 30대에 들어선 젊은 남성들은 '운전 경력과 경험에 의한 데이터'라기보다 '익숙하게 습득된 여성 운전자 비하'에 익숙한 듯하다. 지금 네가 하는 거, 그게 바로 여성혐오라고!

그는 자신이 무심코 여성혐오적인 발언을 하며 살아왔다는 걸 몰랐다. 하기야 여성인 나조차 그랬다. 처음 '여성혐오'라는 단어가 등장했을 당시에만 해도, 그게 뭔지 순식간에 와닿은 나와 달리 남편은 그건 뉴스에서나 다룰 법한 사건 비슷한 거라고 생각했던 것 같다. '혐오'라는 단어 때문인지, 많은 평범한 남성들이 여성혐오를 인정하지 않았다. "내가 여자를 얼마나 좋아하는데?"라고 생각하는 것이다.

여성혐오는 사전적인 느낌의 '증오하고 싫어한다'라는 의미가 아니라, 여성을 남성과 동등한 존재로 보지 않는 현상 전체를 아우르는 말이다. 여성의 한계를 긋거나, 성적 대상화하거나, 모성을 의무화하고 신성화하는 흔한 일들이 모두 여성혐오이며, 김치녀라는 비하만큼이나 개념녀라는 칭찬 역시 남성의 시선으로 여성을 평가하고 대상화하는 행위다.

성 관련 이슈가 터질 때마다 다투는 커플이라면, 이 문제에 접근하기 위해서 우리가 가장 먼저 해야 할 일은 여성혐오의 범위를 공부하고 인지하는 것이다. 내가 혹은 당신이 여성혐오적 발언 혹은 성 차별적 발언을 하고 있다는 사실을 인정하는 것이 첫 걸음이다. 여자친구를 사귀고 있거나 사랑하는 여자와 결혼한 남성도 "나 여자 좋아해"라는 의사와 달리 여성혐오를 할 수 있다는 걸 이해해야 한다.

내가 마음 한편으로 인종 차별자일 수도 있다. 공연장 옆자리에 흑인이 앉으면 슬그머니 자리에서 일어나고 싶은 마음이 드는 사람일 수도 있다. 거기까지는 내 마음이지만, "흑인이 왜 공연을 보러 다녀?"라고 발언하는 순간 윤리적으로 문제가 생긴다. 머릿속으로 어떻게 생각하든 '내가 무심코 던진 말이 문제적 발언이다'라는 걸 깨닫지 않으면 다음 단계로 넘어갈 수 없다. 아무도 지금까지 그런 발언을 지적하지 않았기 때문에, 그리고 심지어 언론에서도 아무렇지 않게 '김 여사'라는 표현을 쓰거나 '여성 운전자'라고 명시하기 때문에 여태껏 문제라고 생각하지도 않았을 것이다. "여자 30대면 너도 이제 끝났네"라는 농담, "여성스럽게 머리 좀 길러"라는 조언, "애는 엄마가 키워야지"라는 환상, "여자가 밤늦게 다니니 사고가 나지!" 같은 걱정이 다름 아닌 여성혐오다.

그것을 인정하고 자신이 살아온 세상을 생경한 눈으로 바라보는 과정이 어렵고, 시간이 드는 것은 어쩔 수 없다. 어떤 부분이 잘못되어 왔다는 걸 지적하면서 남자친구와 싸우지 않는 방법? 내 경험상으로는 거의 없는 것 같다. 다만 젠더 감수성이 부족한 남자라면 적어도 자신이 사랑하는 사람의 말을 듣고 이해해보려는 노력을 들이는 사람이길 바랄 뿐.

대화를 나눌 때 서로 꺼내지 않도록 유의해야 하는 문장들이 있다. 첫 번째로, "남자도 힘들어" "여자는 더 힘들어!"로 이어지지 않도록 하는 것이다. 남성이 군대에 갔다 왔기 때문에 여성이 숨 쉬듯이 외모 평가를 당해야 하는 건 아니다. 전혀 상관없는 두 가지 문제가 맞붙을 가능성이 크다는 뜻이다. 나의 고충을 상대방이 이해해주지 않는다는 좌절감으로 결국 감정만 상한다.

두 번째는, "원래 다들 그러잖아" "그게 뭐가 어때서?"라는 말로 대꾸하지 않도록 조심해야 한다는 점이다. 원래 그런 건 없다. "뭐가 어때서?"라고 생각할 만한 문제였으면 말을 꺼내지도 않았을 것이다. 차라리 "그게 힘든 거였어?"라고 조심스럽게 물어보고 상대방이 살아내고 있던 현실을 파악하려는 노력을 기울이는 편이 낫다. 또, "너 같으면 어떻게 할 거야?"라고 물었을 때 "이게 좋지 않다는 건 알지만, 나도 네가 제사에 참여해주길 바랄 것 같아"라고 솔직하게 털어놓고 대안을 논의했으면 좋겠다.

"너 왜 이렇게 예민해? 피곤하게."
"이건 우리 일도 아니니까 그만 좀 하자."

만약 남자친구가 이렇게 대화를 회피한다면 어떻게 설득해야 할까? 그는 이 일이 우리 일이고 내 문제라는 것을 모르고 있다. 물론 내가 페미니스트라고 한들 모두를 설득해야 하는 것은 아니다. 듣고 싶지 않은 사람들, 나라는 한 사람을 통해 페미니즘이라는 인권 운동 전체를 반박하고 싶은 사람들에게 내 시간과 에너지를 쓸 필요는 없다. 듣지 않으려고 하는 사람을 이해시키는 방법은 많지 않으며 아무리 한쪽이 노력해도 다른 쪽에서 귀를 막고 있으면 소용없다.

하지만 사랑하는 사람이라면, 그래서 적어도 우리가 안전하고 합당한 발판 위에서 함께 걷고자 한다면 일단 그와 대화를 나누는 노력을 기울여보지 않을 수 없다. 우리가 각자 왜 그런 생각을 갖게 되었는지 함께 천천히 파고들어가 고민할 수 있다면 더할 나위 없는 관계다. 물론 이슈가 터질 때마다 그에 대해 얘기하다가, 혹은 괜히 페미니즘이라는 단어를 꺼냈다가 싸울 수도 있다. 그러다 헤어질 수도 있다. 헤어짐이 두렵다면 싸움을 피하는 편이 나을 수도 있다. 하지만 페미니즘은 여성 인권에 대한 발화이자 나의 현실과 밀접한 문제다. 여성이 평등하고 안전한 세상에서 살아가기 위한 노력이 헤어짐의 이유가 된다면, 이 관계는 무엇을 동력으로 지속되고 있는 것일까.

만약 그가 대화를 차단하고 본인의 피해의식만을 주장하는 사람이라면 방법은 두 가지다. 한 사람의 노력만으로 먼 길을 힘겹게 돌아가거나, 앞으로 뻔히 펼쳐진 지치는 여정을 이 자리에서 그만두는 것. 쉽게 생각해서 그 남자가 "나 어제 운동하다 다쳐서 무릎이 아파"라고 말했는데, "근데? 무릎 아픈 게 힘든 일이야?"라고 묻는다면 어떨까? 우리는 서로의 행복뿐 아니라 고통에도 공감할 수 있는 관계여야 한다. 싸워서라도 하나씩 이해하고, 스스로 시간을 들여 공부하지는 않더라도 최소한 여자친구가 떠먹여주는 지식을 들을 의지가 있는 남자친구일 때 그 관계의 긍정적인 신호를 발견할 수 있지 않을까. 그조차 하고 싶어 하지 않는다면? 아마 그의 문제는 단순한 젠더 감수성 결여가 아닐 것이다.

〰

어쩐지 자꾸 보고 싶고, 보고 있으면 행복해져서 연애를 시작했는데 대화를 나누다 보면 싸한 기분이 든다. 위험 신호가 반짝인다. 이야기를 나눠보면 그는 대수롭지 않게 여기는 것 같다. 조금 찜찜하긴 하지만, 한편으론 이 남자의 건전한 가치관을 믿고 싶어진다. 하지만 우리가 만나온 것보다 훨씬 더 많은 시간이 남아 있는 미래를 함께 걸어가기 위해서는 서로의 가치관을 똑바로 마주할 필요가 있다. 서로에게 기대하는 것이 무엇인지 또렷해졌을 때, 우리가 정말 '결혼'이라는 걸 할 수 있는 사람들인지 알 수 있다.

물론 모든 연인이 다 결혼을 해야 하는 것은 아니다. 내가 원하는 것을 들여다보고 내가 사랑하는 사람과의 가치관을 재어봤을 때 함께 살아갈 수 없는 사람이라는 사실을 받아들여야 하는 순간이 올 수도 있다. 나의 포기와 희생을 통해 구축해야 하는 가정이라면 차라리 시작하지 않는 게 낫다. 결혼은 사랑하는 사람과 함께하기 위한 선택이었지, 나의 정서적 자유, 감정 노동으로부터의 자유, 가족 내 서열의 자유 등을 투쟁하여 얻어내기 위한 과정이 아니었다. 그러한 자유는 내가 일부러 노력하지 않아도 원래 내 것이어야 했다. 나의 것을 온전하게 지킬 수 있는 건 결국 나밖에 없다.

"이래서 비혼이 답"을 외치는 사람들이 많아지고 있다. 불편한 게 뻔히 보이는 관습 속으로 걸어 들어가고 싶지는 않고, 그렇다고 기존의 불편한 관습을 바꾸는 것은 피곤하고, 지치고, 끝이 보이지 않는 고단한 일이기 때문이다. 다만 그렇기 때문에 더더욱 우리가 성차별과 그로 인한 결혼의 불합리함을 근본적으로 바꿔나갈 수 있었으면 좋겠다. 그래서 비혼이 결혼이라는 불평등한 관습을 피하기 위한 불가피한 결정이 아니라, 개개인의 기분과 일상과 가치관에 따른 결정이 되기를 바란다. 선택의 이유를 바깥이 아니라 내 안에서 찾을 수 있을 때 우리의 모든 선택은 보다 자유로워질 수 있기에.

여성혐오하는 남친,
헤어지지 않고 바꿀 수 있을까?

남편에게 "결혼하면 명절에 꼭 남자 쪽 집 먼저 가는 거, 생각해보면 좀 이상하지 않아?"라고 별 생각 없이 동의를 구한 적이 있다. 우리는 가정 내에서 꽤 평등하게 균형을 잡고 살고 있고, 그에 대해 많은 이야기를 나누기도 해서 그가 적어도 "이상하긴 해"라고 수긍할 줄 알았다. 그런데 그는 "이상하진 않지. 원래 그렇게 해왔던 거니까…"라고 대답했다. 아니, 그러니까 '원래' 그렇게 해왔던 게 이상하지 않느냐고.

전통이라고 해서, 모두가 그렇게 한다고 해서 타당하고 옳은 것은 아니다. 남자는 하늘, 여자는 땅으로 봤던 유교 사상에 뿌리를 둔 우리나라의 문화 속에는 여성 입장에서 불합리하고 불평등한 전통이 너무나 많이 남아있다. 최소한 그걸 당장 뿌리 뽑자고는 못 하더라도, 함께 그에 대한 의문을 품기는 해야 하지 않을까? 어쩌면 남성들은 여태 당연하게 누리던 것을 이상하다라고 인정하는 순간, 그들이 앞으로 갈 길이 달라지리라는 것을 인정해야 하기 때문에 일단 본능적으로 그것을 거부하는지도 모른다.

남자친구와 너무 당연하게 "이런 일이 있었는데 너무하지 않아?"라고 묻다가 생각지도 못한 뜻밖의 대답에 놀라게 되는 순간들이 있다. 우리가 살고 있던 세계가 다르다는, 우리가 세상을 보고 받아들이는 방식이 이토록 다르다는 실감을 그때 불현듯 하게 된다. 그는 만난 지 얼마 안 된 사람이 집에 바래다줬을 때, 걸어 올라가면 계단에 불이 켜지는 빌라에서 일부러 한두 층을 더 올라가는 경험을 해본 적이 없을 것이다. 결혼을 앞둔 여자친구에게 "이번에 김장하는데 놀러올래? 우리 엄마한테 점수도 좀 따고"라고 제안하는 게 어떤 의미인지 잘 모르는 것이다. 만약, 이에 대해 설명하려는 여자친구에게 손을 내저으며 이렇게 대꾸하는 남자친구는 어떻게 받아들여야 할까?

"근데 여자들은 힘든 일 있으면 여자니까 빼 달라고 하잖아. 뷔페미니즘 몰라?"

물론 그런 사람들도 있다. 페미니즘은 남녀가 평등한 인권을 누리기 원하는 운동이지만, 그것이 오직 하나의 줄기로 뭉치지 않고 갈라져 나온 일부의 가지도 있을 것이다. 그리고 의외로 많은 남성들이 남초 커뮤니티 혹은 기사의 댓글 논쟁 속에서 페미니즘을 이해하는 것 같다. 우리는 누구나 선택적으로 정보를 습득하고, 나에게 유리한 이야기에 관심을 기울인다. 남녀 모두 마찬가지이겠으나, 우리는 우선 내가 보고 있는 게 줄기인지 가지인지 깨달아야 할 뿐 아니라 지금 성갈등이 최고조로 치닫고 있는 한국 사회에서 서로가 주장하는 것을 하나의 사건, 하나의 경향만 보고 한 줄 요약할 수는 없다는 사실을 알아야 한다. '페미니즘은 원하는 것만 누리려는 이기적인 것' '한남은 다 여성혐오에 빠져 있어'라는 내 머릿속의 대전제를 만들어 버리면 다른 것은 보이지 않는다. 그러니까, 네가 선택적으로 습득하고 있는 정보는 페미니즘의 전체가 아니야. 그것조차 페미니즘을 나쁜 걸로 정의해서 아무것도 변화시키지 않겠다는 기득권의 억지라고.

만약 여성이 페미니즘에 대해 관심이 있고 문제의식을 느끼고 있는 사람이라면, 전혀 문제의식을 느끼지 못하는 남자와 이 연애를 지속하기 어렵게 느껴질지도 모른다. 그가 나를 이해하지 못한다고 해서 화를 내도 될까? 그 세상에 남아있고 싶어 하는 남자친구를 굳이 끌어내야 할까? 내가 그를 설득하는 역할을 꼭 맡아야 할까? 나와 아예 다른 생각을 가지고 있는 사람을 설득하는 것은 어려운 일이다. 꼭 여성 인권이나 페미니즘이라는 거창한 화제가 아니더라도, 좁힐 수 없는 가치관 때문에 이 관계를 유지할 수 없다고 느낄 때 우리가 선택할 수 있는 가장 쉬운 길은 사실 헤어지는 것이다. 물론 어려운 길은 끊임없이 대화의 통로를 만들기 위해 노력하는 것이고.

"그냥 그 얘기는 하지 말자. 말할 때마다 싸우니까."

물론 이런 식으로 그냥 넘어가는 커플들도 있는 것 같다. 하지만 마음 한편의 찜찜함이 어쩔 수 없이 남는다. 아예 접근하지 않는 것이 차선책은 될 수 있지만 정답이 될 수는 없다. 단절된 세상에서 오직 두 사람만 살아가는 게 아니기 때문이다. 세상이 남성과 여성을 대하는 방식은 우리 각자에게 꾸준한 영향을 미치게 되고, 그 방식이 만약 나를 고통스럽게 한다면 당연히 내 가까운 사람들과 함께 고민해보게 될 것이다.

이때 내 일이 아니라고 그것을 세상에 없는 일처럼 취급한다면, 혹은 불편하기 때문에 묵인하고자 한다면 우리는 같이 있음에도 고립감을 느낄 수밖에 없다. 다른 사람의 피해 사실과 고통에 대해 이야기하는 것이 불편한 이유는, 그 일은 나와 상관없는 것이라고 거리를 두면서도 한편으로는 자신의 내면에 가해자의 입장을 이해하고도 묵인하는 마음이 있기 때문인지도 모른다. 여성이 고통을 호소하는 일에 대해 부당하다고 말할 때 마음이 불편하다면, 스스로가 잠재적인 동조자라는 것을 알고 있기 때문일지도.

성 이슈는 단순 이슈로 끝나는 것이 아니다. 그 기저에 깔린 생각과 앞으로의 정책 등이 결국 우리의 삶, 특히 결혼을 한다면 결혼 이후에 겪는 수많은 일들에 영향을 미칠 수밖에 없다. 결혼 전에 남자친구의 가치관을 듣고 심란한 이유는 만약 그와 미래를 더 함께한다면 그리고 혹 결혼까지 한다면 그가 나와 함께 세상의 방패막이 되어 싸워주지 않으리라는 사실을 어렴풋 알게 된 것이기 때문이다.

어쨌든 그렇게라도 연애를 지속할 수는 있다. 그런데 결혼은 어떨까? 혹은 결혼 후에 우리가 문제의식을 느끼고 있다면 남편을 바꿀 수 있을까? 사람은 쉽게 바뀌지 않는다. 그를 탓할 수도 없는 일인 게, 나 역시 쉽게 변하지 않는다는 걸 알기 때문이다.

사실 여성혐오에 대한 치열한 고민은 비교적 최근 일이다. 이때 '아, 지금까지 해온 게 여성혐오였구나'라고 부부가 함께 깨달았다면 이상적일 것이다. 그런데 보통 남녀가 정보를 얻는 창구가 다르고 그에 대한 해석이 다르며, 그 문제를 체감하는 정도가 다르다보니 화제가 되는 이슈에 대해 이야기했을 때 전혀 다른 결과를 도출하게 된다. 남성들은 자신이 일상 속 가해자일 수도 있다는 사실을 인정하지 않기 위해 방어해야 하고, 자신들이 겪은 손해와 피해가 떠올라서 억울하고, 그 결과 굳이 이 시점에서 이상적인 변화의 방향을 모색하려 애쓰지 않게 된다.

그러나 내가 사랑하는 사람이 겪는 일임에도 그러한 태도로 일관한다면 그 관계를 긍정적으로 지속할 수 있을지는 의문이다. 어쩌면 우린 각자 알아서 다른 방향으로 걷던 걸음을 멈추고 함께 시작 지점으로 돌아가 느리더라도 한 걸음부터 다시 걸어야 할지도 모르겠다. 서로를 깊게 이해하려는 노력이 필요할 것이고, 한 사람의 일방적인 노력에는 한계가 있다는 사실도 받아들여야 한다.

만약 이 문제에 대한 대화가 어렵다면, 그 대화가 어려운 이유를 먼저 찾아보는 것도 좋다. 남편에게 여성이 겪는 차별과 혐오 문제에 대해 왜 연인이나 배우자가 함께 고민해주지 않는 것 같냐고 물었을 때 그는 또 뜻밖의 대답을 했다.

"내가 해결해줄 수 없는 일이라서 그런 것 같아."

이건 미션이 아니다. 대통령도 혼자서는 해결해줄 수 없는 일이라는 걸 안다. 개인에게 해결해주길 바라는 게 아니라 그저 다 같이 문제를 인식하고, 부당한 것을 부당하다고 생각하고 표현할 수 있는 세상이 되었으면 하는 것이다. 물론 그가 해줄 수 있는 일도 있다. 여성혐오의 실체를 인지하고 그에 동참하지 않기 위해서 노력하는 것.

이 문제는 결국 페미니즘의 문제라기보다, 우리가 극명한 의견 충돌을 벌였을 때 그것을 어떻게 해결하느냐 하는 것과 맞닿아 있다. 무작정 부딪쳐 싸우다가 결국 "됐어, 그만해" 하고 그 부위가 홀로 곪아가는 것을 선택할 수도 있다. 아마 사람과 사람이 서로를 이해하는 데 있어 전문가와 상담하면 좀 더 좋은 방법이 있을지도 모르지만, 우리가 당장 생각할 수 있는 대안은 한정적이고 이상적일 수밖에 없다. 그럼에도 우리가 함께하는 것을 선택했을 때 노력이라는 이상적인 해결책을 떠올려볼 수밖에 없는 이유는, 어쨌든 그것이 옳은 방향을 가리키는 표지판이기 때문이다.

'남자는 원래 어린애'라는 프리패스

결혼 후 이상하게 양가 부모님의 걱정 어린 잔소리는 나에게만 쏟아졌다. 밥 잘 챙겨 먹어라, 부모님께 종종 안부 전화 드려라, 일 년에 한 번은 병원에 가서 건강검진 받아라, 돈 많이 쓰지 말고 잘 모아서 전셋집 구해야지…. 그중에서도 가장 특이한 잔소리는 '남편에게 ~하라고 해라' 하는 종류의 것이었다.

결혼 초반에 시어머니는 남편에게 하고 싶은 말을 나를 통해서 하셨다. 남편에게 치과에 가라든가, 시아버지께 전화를 드리라든가, 어머니가 챙겨 주신 흑마늘을 꾸준히 먹으라든가 하는 말을 내가 또 다른 잔소리로 그에게 옮겨주길 바라셨다. 잔소리하는 역할을 맡는 것은 귀찮은 일이었다. 나는 쓴웃음을 지으며 어머니께 말했다.

"남편이 알아서 해야죠, 제가 시킨다고 하나요."

남편은 어린애가 아니고, 아내는 결혼 후 시어머니에게 남편의 양육권을 넘겨받는 사람이 아니다. 누군가 엄마의 역할을 대신해주면 그는 언제까지고 자식으로 살 수 있는 권한을 자연스럽게 부여받게 된다. 남편을 보살피거나 잔소리해서 올바른 길로 이끄는 것은 아내의 역할이 아니라 성인으로서 스스로 해야 할 일이다.

그런데 엄마들은 자꾸 남자는 나이 먹어도 어린애라는 소리를 한다. 그러니까 집안에서 잘 챙겨주라는 뜻이기도 하고, 최종적으로 내포되어 있는 의미는 혹시 문제가 생기더라도 '여자인 네가 참고 이해해' 정도일 것이다. 포용력을 기대하는 동시에 약간의 체념이 섞인 듯한 말이다. 이상하게도 남자들이 그 말을 별로 싫어하는 것 같지 않았다. 남자는 원래 어린애라는 말, 전 연령 사용 가능한 남성용 프리패스이기 때문일까.

남자는 어린애니까 자꾸 칭찬해주고, 기를 살려줘야 한다는 말도 어른들에게 자주 듣는다. 그게 현명한 여자가 되는 방법이고, 무난하게 결혼생활을 지속할 수 있는 요령이라고.

내가 별로 그런 방법으로 현명해지고 싶지 않다면 어떨까? 애초에 남자는 기를 살려줘야 한다는 말은 도대체 왜 있는 건지 의문이다. 여자는 기가 죽어도 되고, 남자의 기를 살려주기 위해 자신은 낮춰도 된다는 뜻인가? 사실 20대 여성들 중에도 데이트 통장을 쓰거나 본인이 계산하면서도 남자친구에게 결제하는 행위를 맡기거나, "내 남편이 해준 거야"라고 남편의 능력을 추켜세우는 경우가 종종 있다. 내가 잘난 게 아니라 그가 잘난 게 결과적으로 여자에게도 좋은 일인 것처럼 다뤄져왔기 때문이다. 하지만 남에게 인정받고, 대외적으로 경제력이 있고, 집안에서 떠받드는 것이 기를 살리는 방법이라면 나도 현명한 아내가 되느니 현명한 아내를 얻는 쪽을 택하고 싶다.

〰

한 번은 남편과 사소한 일로 다투고 화해한 뒤에 무언가 앙금이 남아 "왜 그렇게 유치하게 굴어?"라며 그의 옆구리를 찔렀다. 그랬더니 시무룩한 그의 대답이 가관이었다.

"남자는 원래 어린애랬어…."

기가 막혔다. 그래? 근데 그걸 네 멋대로 행동하는 무기로 쓰라고 나온 말은 아닐 텐데…? 사라지려는 어이를 재빨리 잡아챈 내가 맞대응했다.

"나도 어린애야! 아 몰라, 내가 하고 싶은 대로 할 거야! 내가 어린애 할 테니까 네가 어른 해, 달래주고 해결해줘!"

어린아이 시절이 지난 지 오래되어 기억이 가물가물하긴 했지만 떼쓰는 것과 함께 다리를 동동 구르는 것도 잊지 않았다. 남편은 황당하게 웃으며 결국 두 손을 들었다.

그야 확실히 어릴 때는 무엇이든 용서받기 쉬웠다. 까마득하게 되돌아보지 않더라도, 스무 살 언저리까지도 나는 내가 실수할 수 있다는 사실을 내심 알고 있었다. 어른들은 갓 사회생활을 시작한 나에게 완벽한 것을 애초에 기대하지 않았다. 처음 해봐서, 잘 몰라서 그렇다는 말을 아직은 할 수 있었다. 어리다는 이유, 경험이 부족하다는 이유만으로 괜찮았다. 어릴 때 나는 빨리 어른이 되고 싶었고, 어른이 된 지금은 어른의 삶에 대단히 만족하고 있지만, 만약 편의에 따라 선택한다면 나도 차라리 어린애가 되는 쪽을 택하겠다. 어린애라는 것만으로 모든 논리를 무시하고 욕구를 드러내거나 용서받을 수 있다면.

인간관계에서 '원래 그렇다'는 말은 긍정적으로 쓰일 때가 별로 없는 것 같다. 나는 원래 하나에 집중하면 주변 사람들은 잘 안 보이는 스타일이야. 내가 원래 이기적이라는 소리를 좀 많이 들어. 그렇게 자신을 소개하는 사람들에게는 마땅히 대꾸할 말이 없다. 그래서 나보고 이해하라는 뜻이니?

나와 직접적으로 접하든 그렇지 않든 세상에 존재하는 수많은 사람들을 대할 때 내가 특별히 이해심이 적은 편이라고는 생각하지 않는다. 하지만 이렇게 당당하게 이해를 요구하는 사람들에게까지 이해심을 끌어와 나누어 쓰고 싶지는 않다. 포용력과 성숙함은 자신이 원했을 때 발현되는 것이지, 누군가가 마땅히 요구하여 누릴 수 있는 요소가 아니다.

≈

갑자기 조금 다른 이야기를 해보자면, 20대 때 2년 넘게 사귀었던 남자친구와 잠자리를 갖지 않았다. 지금도 나는 성욕이 별로 없는 편이지만 그 무렵 나의 성욕은 거의 0에 수렴했던 것 같다. 남자친구는 그렇지 않았을 테지만, 당시엔 어려서 그런지 둘 중 누구도 그 문제에 대해 진지하게 이야기를 꺼내본 적이 없어서 나는 잘 몰랐다.

하지만 그때 나는 연인으로서 그의 욕구에 충분히 관심을 기울이지 않아서가 아니라 단순히 섹스하지 않는 것에 대한 죄책감을 느꼈다. 그에게 미안했고 내가 온전한 여자친구로서의 역할을 다하지 못하는 것도 같았다. 여자친구와 잠자리를 갖지 않는 것은 그가 친구들에게 말하기 부끄러운 일이었고, 그는 나와 잤다고 거짓말도 한 것 같았다. 나는 갈등했다. 별로 원하지는 않지만 의무적으로 잠자리를 가져야 할까? 그는 마땅히 여자친구에게 잠자리를 요구할 권한을 가지고 있는 걸까?

남자친구에게 충분한 정서적 친밀감과 깊은 대화를 원하는 나의 욕구는 최우선 순위에 올라본 경험이 별로 없다. 남자친구가 피곤해서, 그 얘기는 하다 보면 싸우니까, 내 일도 아닌데 깊게 생각하고 싶지 않아서, 남들도 다 그렇게 사니까…. 내가 원하는 대화는 쉽게 다음 순위로 밀리곤 했다. 남자친구가 그에 대한 죄책감을 느끼거나, 내 욕구를 충족시켜 주지 못하는 자신에 대한 되새김을 한 번이라도 해본 적이 있는지는 모르겠다.

반면 남성의 성욕은 항상 당연하고 자연스러운 것이었다. 건강한 관계에서뿐 아니라 여성의 의사가 반영되지 않은 일방적인 관계에서도 행동의 원인을 여성에게서 찾는 경우가 많았다. 남성의 성욕은 원래 그런 것이기 때문에, 여성이 그것까지 감안하여 행동했어야 한다는 것이다. 남성의 성욕은

'원래 다 야동 보면서 크는 것'이라며 건강하게 다루면서, 여성의 성욕은 오랫동안 '너무 밝히면 안 되고, 오래 사귀면서 잠자리를 거부해도 안 되고, 겉으로 드러내기 부끄러운 것'으로 다뤄지며 억압되어왔다.

혹 비슷한 고민을 하고 있는 여성에게 나의 경우를 말해주자면, 지금 생각해보면 그때 어쩔 수 없이 잠자리를 갖지 않은 것은 잘한 일이었던 것 같다. 관계를 갖고 싶은 확신이 있다면 남자든 여자든 얼마든지 신체적 교감을 나눌 수 있다고 생각하지만, 그의 성욕에 대한 죄책감은 별개의 문제였다. 당시 내가 그와 충분히 신체적으로 교감할 준비가 되지 않았고, 그것을 원하지 않았다는 사실이 분명했기 때문이다.

남성의 성욕이 얼마나 참을 수 없는 것이고 제어할 수 없으니 봐줘야 하는 것인지 나는 잘 모르겠지만, 만약 수면욕이 많은 사람이 직장에서 일은 안 하고 시도 때도 없이 잠들어버린다면 고운 눈으로 보는 사람은 별로 없을 것이다. 우리는 짐승이 아니라 사람이고, 충동을 억누르지 못하는 게 당연한 어린아이가 아니다. 원하는 것은 일방통행이 아니라 양쪽 모두의 의사를 교류하여 결정하는 것이 옳다. 본능이 원하는 대로 행동하는 것을 용서받고, 누군가의 보살핌에 의존하는 어린아이로 살아가는 것은 편하고 쉬운 일이지만, 우리는 필요한 만큼 성숙해져야 한다.

나를 책임질 필요는 없어

"어휴, 방 정리 하나 제대로 못하는데 누가 널 데려가니?"

"이렇게 공부를 안 해서야, 어떤 여자가 너한테 시집오려나 몰라."

주로 사춘기 때쯤, 어른들 말에 꼬박꼬박 반항하는 아이들을 보며 반 농담 식으로 어른들은 이런 말을 던지곤 했다. 여자는 '데려갈' 사람이 필요했고 남자는 누군가를 '데려와야' 했다. 여자는 생활력으로 자신의 가치를 증명해야 했고, 남자는 경제력으로 다른 여성을 책임져야 했다. 사실 여자가 자신의 집을 떠나 남자의 가족으로 옮겨가는 것 같은 표현 자체도 내키지 않지만, 무엇보다 꽤 오랫동안 우리는 배우자를 찾는 것이 삶의 목표 중 하나인 줄 알고 살아왔던 것 같다. 혼자인 성인은 대개 미완성인 존재로 여겨지곤 했다. 언젠가는 짝을 만나 결혼해야 하고, 배우자가 생겼을 때 비로소 어른이 되는 첫 번째 미션을 끝마치게 되는 것 같았다.

하지만 연애를 거듭하면서 알게 된 것은 결코 나의 결핍을 다른 누군가가 채워줄 수 없다는 점이었다. 스스로를 온전하게 키워낼 의지 없이 다른 누군가에게 의존하는 것으로는 언제나 공허하고, 그것을 채우기 위해 상대방을 지치게 하는 악순환만이 반복된다. 다른 이를 통해 채워지기는커녕 나를 이루고 있던 것들마저 초조함에 흘러나간다. 상대방이 나의 결핍을 채워주는 것이 아니라, 상대방의 존재로 인해 스스로 건강해질 수 있다면 그것이 좋은 연애이자 만남일 것이다. 연애도 결혼도, 실은 혼자서도 잘 살아갈 수 있는 온전한 상태일 때 더욱 건강한 만남이 가능하다.

그러고 보면 결혼에 대해서 진지하게 생각한 적이 별로 없었다. 혼자 있는 것도 나쁘지 않았다. 혼자서 여행을 다니기 시작하면서 혼자인 게 얼마나 편한지, 홀가분한지, 자유로운지 생각했다. 남자친구에게 내가 원하는 모습을 요구하는 게 얼마나 부질없는 일인지 깨달았고, 그 사람에게 변화를 요구하느니 헤어지는 게 서로를 위해 더 나았다. 나는 내가 싫어하는 모습을 가지고 있지 않은 사람을 만나고 싶었다. 나로 인해 변하는 게 아니라, 처음부터 완성되어 있는 사람. 완벽하다는 뜻이 아니라, 나와 그만큼 퍼즐이 잘 맞는 사람. 혼자서도 잘 살아가고 있는 사람.

그러다 지금의 남편을 만나 누군가와 함께 사는 것도 괜찮겠다는 생각을 하고, 누군가와 함께 산다면 그게 이 사람이었으면 좋겠다는 생각을 했다.

우리가 결혼한 건 내가 스물여덟, 남편이 스물일곱 살 때였다. 결혼한다는 건 이제 하나가 아니라 둘이 된다는 것이었는데, 그건 서로를 책임진다는 뜻일지도 모른다는 생각이 들었다. 결혼을 약속할 때, 로맨틱하게 으레 하는 말이니까.

연애 때 자꾸 결혼을 언급하는 남자친구에게 장난삼아 "네가 나 책임질 거야?"라고 물었다. 드라마에서도 흔히 결혼하자는 다른 말로 "내가 너 책임질게" 하고 선언하는 장면이 나오곤 하지 않던가. 일을 그만둘 테니 혼자 돈을 벌어 나를 먹여 살려 달라는 뜻은 결코 아니었다. 그런데 뜻밖에도 그의 대답이 쉽게 나오지 않았다. 그때, 남성들에게는 그 말이 가벼운 장난처럼 들리지 않을 수 있다는 사실을 불현듯 알았다.

한국에서 나고 자란 전형적인 남성인 그는 '결혼해서 남자가 집을 사오는 것'은 어차피 현실적으로 불가능하니 어쩔 수 없다고 쳐도, '책임'이라는 단어까지 쉽게 흘려 넘길 수는 없었던 모양이다. 나는 내 일을 사랑하고, 그에게 내 삶을 책임지게 할 생각은 애초에 없었지만 그 후 농담으로도 그 말을 하지 않게 되었다. 결혼을 계기로 한 사람이 다른 한 사람의 몫까지 2인분을 살아낼 수는 없다. 나는 그가 없이도 스스로를 책임질 수 있고, 그가 내 몫까지 고단해지는 것이 날 행복하게 만드는 것도 아니다.

대신 나는 네가 일을 그만두어도 네 몫까지 경제적인 역할을 감당할 준비가 되어 있다고 알려주었다. 우리는 삶의 경제적인 부분과 가정 살림에 대한 부분을 공동으로 감당하고 있으며, 때에 따라 그것을 적절한 비율로 분담할 수 있었다. 같이 살아가기 위해 꼭 필요한 돈벌이와 살림을 한 파트씩 분담하여 맡는 것에 서로가 합의한다면 그 역시 하나의 방법일 것이다. 그러나 그 역할 분담에 꼭 남자가 돈벌이, 여자가 살림이라는 공식을 따를 필요는 없다.

결혼 후 내가 프리랜서로 일하고 있다고 말하면 몇몇 사람들이 악의 없이 순수하게 묻곤 했다.

"아, 그러면 결혼해서 회사 그만두신 거예요?"

결혼이라는 하나의 인생 포인트가 어떤 결정의 계기가 될 수는 있지만 그 결정과 이유는 사람마다 다를 것이다. 교육의 기회가 적었고, 결혼을 통해 자연스럽게 남성의 소속으로 들어갔던 옛날과 달리 지금은 똑같은 교육을 받고, 원하는 일을 찾고, 결혼을 계기로 굳이 내가 선택한 삶을 지속시켜 나가지 않을 이유가 없다. 나는 원래 이 일을 하고 있었다. 우리는 그냥 각자 하던 일을 계속하며 살고 있을 뿐이다.

얼마 전에는 한 친구가 웃을 수도 울 수도 없는 얼굴로 말했다.

"남자친구가… 내가 돈을 쓰면 화를 내. 아니, 예의상 그러는 게 아니라 완전 진심으로."

데이트에서 비용을 지불하거나 관계를 리드하고 싶은 그의 마음은 이해하지만, 일방적인 상황은 불편하다는 것이었다. 게다가 충분히 경제적 능력이 되는데도 자신이 사주는 선물을 부담스러워하는 남자친구의 반응이 답답하다고 토로했다.

친구의 남자친구는 말하자면 상당히 남자다움을 중요하

게 생각하는 모양이었다. 여자에게 돈을 못 쓰게 하고, 치마를 못 입게 하고, 술을 줄이라고 하고, 여자가 남자친구를 위해 무언가 적극적인 행동을 취하는 것을 내키지 않아 했다. 그는 남자로서 자신이 해줄 수 있는 가장 좋은 행동을 하고 있다고 생각할 것이다. 하지만 안타깝게도 이는 자연스럽게 여자친구를 수동적인 입장에 놓이게 만든다.

서로를 배려하는 것은 좋지만 여성을 보호하거나 감상하는 대상으로 보면 언젠가 한계에 부딪힐 수밖에 없다. 각자를 온전히 주체적인 존재로 여기는 연습도 필요하다. 여성을 혼자서 아무것도 못하는 존재처럼 대하거나, 남자에게 의지하고 남자의 기를 살려주는 역할을 맡기는 것으로 남자다움 혹은 여자다움을 확인할 필요는 없다.

"나는 내 여자가 고생 안 하고 집에 있었으면 좋겠어."

결혼을 떠올릴 때 이렇게 달콤한 듯한 말을 내뱉는 남자들도 있다. 그 마음은 가상하지만 한 사람이 어떻게 사는 것이 행복한지 다른 사람이 정해줄 수는 없다. 심지어 아직 만나지도 않은 여자의 인생을 편하게 집에 있는 것으로 배려해주는 게 과연 그 사람이 원하는 거라는 보장이 있을까. 애초에 이 말에는 '집에 있는 것'이 '편한 것'이라는 대전제가 깔려 있다. 그렇게 되면 편한 사람에게 슬쩍 돌아가는 수많은 부담도 집에 있는 사람이 당연히 해야 하는 별것 아닌 일이 되어버린다. 시부모님 생신을 챙겨야 하고, 김장을 도와야 하고, 주기적으로 안부 전화를 드리는 것은 경제생활을 하는 남편에게는 잊는 것이 허용되지만 집에 있는 사람에게는 1순위로 챙겨야 하는 중요한 일이 될지도 모른다. 이 모든 게 실은 '내 가정' 밖의 일로 두 사람이 함께 고려해야 하는 부분이다. 그러나 편하게 집에서 쉬는 사람이 그 정도도 못 해주면 이기적인 사람이 되어버린다.

무엇보다 서로의 합의에 의해서가 아니라, 단지 남성이 가장의 역할을 하고 여성은 보조하는 역할을 한다는 전통적 가치관에 의한 역할 분담은 자연스럽게 권력의 불균형을 야기한다. 결과는 같을지 몰라도, 그 과정에서 '여자니까, 남자니까'가 작용했는지 '내가 더 잘할 수 있는 일, 혹은 하고 싶은 일'이 작용했는지는 전혀 다른 관계를 만든다.

〰

남편이 회사를 그만두고 이직을 준비하고 싶다고 이야기했다. 그가 최근 회사 일을 버거워하고 있다는 건 알고 있었다. 결혼 후 각자의 결정은 서로에게 영향을 미칠 수밖에 없으므로 그에 대한 논의는 필요했다. 하지만 나를 이유로 그가 참거나 버틸 필요는 없었다. 우리는 각자를 책임질 수 있는 성인이고, 두 사람이 같이 책임져야 하는 아이가 있는 것도 아니다. 밥벌이하지 않는 고양이가 세 마리 있기는 하지만.

하지만 그는 혼자일 때는 거침없이 결정했을 퇴사에 대해서 망설이는 기색이었다. 내가 일을 하고 있어서 당장 생계 걱정을 할 이유는 없는데도 그랬다. 나는 그에게 "자기는 가장이 아니야"라고 말해주었다.

"입장이 바뀌었어도 자기가 나한테 일이 힘들어도 그냥 참고 버티라고 했을까? 우리 관계에서 네가 꼭 돈을 벌어야 한다는 부담감을 가질 필요는 없어. 오히려 나는 일하는 걸 좋아하잖아."

서로의 역할을 규정하지 말자는 이야기를 여러 차례 나누면서 남편은 결혼 초기의 부담감을 다소 내려놓은 듯했지만 그래도 '남자로서'의 수식어를 깨끗하게 지우지는 못하는 것 같았다.

"왠지 남자니까 돈을 더 많이 벌어야 하고, 가장 노릇을 해야 한다는 부담감을 완전히 지울 수가 없어."

그 말을 듣고 나니 그의 부담감을 위로하기에 앞서 자연스러운 의문이 떠올랐다.

"근데… 그만큼 나한테 며느리 노릇을 바라는 마음도 솔직히 있겠네?"

"그런 것 같아, 솔직히는. 그래도 살면서 점점 더 그런 생각을 내려놓으려고 노력해야지."

우리 문화 속에 뿌리 깊게 자리 잡혀 있는 가부장제와 그로 인한 성차별에서 완벽하게 자유로워지는 것은 어려운 일이라는 걸 안다. 그러나 내가 흔쾌히 받아들일 수 없는 '여성'이나 '남성', '며느리'나 '가장'의 역할을 억지로 짊어지고 버티다 보면 내가 기대했던 미래는 조금씩 소진되어 바닥나게 된다. 결국 그 오래된 족쇄에서 벗어나는 것이 우리 모두를 위한 일이다. 서로를 책임지기 이전에 각자의 주체적인 삶과 결정을 존중할 때 우리는 조금 더 자유로워질 수 있고, 나의 일부를 여전히 나로 유지한 채 살아갈 수 있다. 평범한 한국 남녀로 살아온 우리 부부에게도 매 순간 어려운 일이지만, 오랜 세월 덧칠해 잘 지워지지 않는 두꺼운 얼룩을 이제라도 한 겹씩 벗겨내고 싶다.

폭력적인 페미니즘에 대한 분노

결혼한 부부 사이에서도 사회적 이슈에 대한 서로의 생각이나 가치관은 중요한 문제일 수밖에 없다. 때로는 서로의 다른 관점을 이해하기도 하고, 내가 생각지 못했던 것에서 배우기도 하고, 또 충돌하며 갈등하기도 한다.

뉴스를 헤드라인 위주로만 읽곤 하는 남편이 최근에는 나에게 별 생각 없이 기억에 남는 사건 사고들을 읊었다. 주로 이번에 어떤 남자가 여자에게 무고하게 당했다더라, 페미니스트들이 이런 일을 벌였다더라 하는 것들이었다. 처음엔 별 생각 없이 듣고 이야기를 나누다가 문득 불편한 의아함이 치밀었다.

"그런데 너는 왜 그런 종류의 기사만 눈에 들어와?"
"어? 아니, 그냥 요즘 그런 일이 많으니까."

아마 언론에서 그런 기사를 눈에 띄게 다루고 배치하고 있는 것이리라. 남녀 대결 구도에 대한 사람들의 관심이 높아진 만큼 말이다. 그리고 남편은 아마 도덕적이라 할 수 없는 과격한 페미니즘, 남성의 편을 들기에 합당하다 여겨지는 사건들에 집중함으로써 페미니스트가 주장하는 보편적 혐오를 외면하고 한국 남자로 살아가고 있는 자신을 방어했다.

"생각해보면 당장 내가 밤늦게 돌아다니거나 혼자 택시를 타는 게 위험한 거, 그런 오래된 문제에도 좀 관심을 가져줘야 하는 거 아니야?"

우리는 숨 쉬듯이 여성에 대한 성적 대상화, 폭력, 범죄에 대한 사건을 보고 자라서 더는 그 일이 특별한 사건처럼 여겨지지 않는다. 그것은 특별한 일이 아니라 이제 사회 속에 스며들어 여성들의 일상적인 공포를 만들어내는 사회의 일부 같은 것이 되었다. 심지어 보도되지도 않을 만큼 수많은 몰카와 문제 제기조차 할 수 없는 직장 내 성희롱 같은 것은 이야깃거리도 아니다.

하지만 그 모든 '여성혐오' 문제에 대해 강 건너 불구경하듯 무관심으로 일관하던 일부 남성들도 이제 분노하고 있다. 여성들은 왜 더 이상 조곤조곤하게 말하지 않고 폭력적이고 거친 방식으로 목소리를 내려 하는가. 남성들은 그들이 워마드고, 메갈이고, 정상적인 여성이 아니며, 심지어 정신병이라고 칭한다. 여성 인권에 대한 논리를 알고 싶지도, 귀 기울여 듣고 싶지도 않다는 말이다.

여성혐오의 언어를 그대로 대치한 남성혐오의 언어가 윤리적으로 옳다고 볼 수는 없겠지만 나는 남성의 입장에서 그것을 단순한 폭력이자 테러로 치부하는 것에는 반대한다. 여성들이 행하는 일종의 저항 운동에 대하여 사회적인 맥락을 함께 읽을 필요가 있다. 적어도 지금까지 남성들은 친절한 페미니즘에 귀를 기울여온 적이 있었는가. 상냥하게 말할 때는 듣지 않다가, 어쩌면 다소 거친 미러링이 등장하고 나서부터야 비로소 분노하며 눈길을 돌리지 않았는가.

남성들은 왜 페미니즘을 '뚱뚱하고 못생긴 여자들의 쿵쾅거림' 정도로 치부하고 싶어 할까. 실제로 우리나라의 남녀 비만률을 따지면 남성이 더 높지만, 그들이 여성들을 향해 '쿵쾅'거린다는 건 여성의 비만률이 높다는 뜻은 아니다. '예쁘지 않은 여성들', '뚱뚱하고 못생긴 여성들'이 비정상적인 인권 운동인 페미니즘을 한다고 폄하하고 싶은 것이다. 여성

아이돌이 《82년생 김지영》을 읽었다며 분노하는 이유도 여기에 있다. 예쁘고 순종적인 여성이 페미니즘이라는 비정상적인 짓을 해서는 안 되는데.

이때 그들의 의견에는 앞뒤가 없다. 사실 정상적인 남자라면 여성 인권을 향상시키는 것을 눈 감고 귀 막고 거부할 이유가 없다. 나의 엄마, 누나, 여동생, 여자친구가 살기 좋은 세상을 만드는 게 왜 문제가 된단 말인가. 다만 그 과정에서 평범한 남성들이 자기도 모르게 가해온 차별과 혐오를 인정할 수 없는 것이다.

아마 페미니즘이 여혐을 반대하는 데에 그치지 않고 미러링의 형태로 구현되면서부터 남성들은 한층 더 분노하기 시작한 것 같다. 여성들이 예쁘고 바르게 행동하지 않고 있다고 지적할수록 그들이 해온 혐오를 타당화할 수 있기 때문이다. 실제로 '워마드'나 '메갈' 같은 사이트에서 테러지향적인 페미니즘을 보인 것도 사실이고, 이에 대한 반발도 상식적인 의미에서 이해할 수는 있다. 그런데 지금까지 여성에 대해 다루어졌던 것을 그대로 뒤집어 남성에게 표현하자 지금까지 남성의 전유물로 농담처럼, 장난처럼 건네졌던 여혐에 대해서는 돌아보지 않고 '감히?' 하고 여성을 더욱 억누르는 쪽으로 불타오르기 시작했다.

한 인터넷 서점에서 고객들에게 보내는 메일에 '한남스럽다'는 표현이 사용된 것 때문에 남성 회원들이 다수 탈퇴한 사건이 있었다. 그 헤드라인이 사용된 기사가 결코 맥락 없는 남성혐오를 하고 있는 것이 아니라, 오히려 남성 작가가 한국 남성의 역사에 대해 들여다보는 사회적인 분석과 논리를 다루고 있었음에도. 이토록 '한남'이라 불리는 데에 분노하는 남성들에게 묻고 싶다. 지금까지 어째서 분노하지 않고 침묵했는지. 어째서 '된장녀'와 '맘충'을 거리낌 없이 소비했는지.

일부 남성들은 페미니즘을 일종의 테러리즘으로 보고 싶어 한다. 실제로 테러지향적인 성격을 띠는 사례들도 있다. 하지만 이를 절대적인 잣대만으로 판단할 수 없는 것은, 결국 그런 과격한 형태의 목소리가 지금까지 관성적으로 이어져 왔던 여성혐오에 그나마 틈을 만들고 관심을 이끌었기 때문이다. 게다가 '페미나치'라고 불리는 페미니즘이 실제로 여성들이 느끼는 일상적 공포에 비하면 얼마나 남성들에게 피해를 끼칠 수 있었는지도 생각해볼 필요가 있다. 여성들이 여태껏 물리적 힘이 약하다는 이유로 무차별적 범죄의 대상이 되었던 것에 비하면 그들은 그저 불쾌할 뿐이다.

물론 페미니즘이 일명 남성혐오를 향해 달려가는 것은 옳지 않다고 생각한다. 성별을 떠나서 누군가가 상대방을 향해 성희롱을 하거나 욕과 폭언을 던지는 것 자체가 올바른 의사 표명이라고는 볼 수 없다. 하지만 그들이 '이런 페미니즘은 받아들일 수 없다'고, '다른 형태의 정상적인 페미니즘을 해라'라고 간접적으로 주장하는 것 역시 인정하기 어렵다.

애초에 정상적인 페미니즘, 올바른 페미니즘은 누가 정의하는지 생각해보자. 남성들은 불편한 페미니즘을 거부하고 고분고분하며 순종적인 페미니즘을 원한다. 정상적인 여성과 그렇지 않은 여성을 남성들의 시각으로 나눈다. 머리를 짧게 자르지 않고, 당신의 이야기를 순순히 들어주고 존중해주는 페미니즘을 요구한다. 그들은 여전히 기득권층의 권위적인 시선으로 허용할 수 있는 페미니즘과 허용할 수 없는 페미니즘을 판단하고 있다.

불법 음란물을 단속한다는 기사의 댓글 중에서 가장 많은 동의를 얻은 것은 이런 내용이었다. "불법 음란물을 단속하면 성 범죄만 늘어날 뿐인데 할 테면 해보라"는 비아냥거림. 페미니즘조차 이에 대해 분노를 표출할 수 없다면 이 댓글에 공감하는 수많은 사람을 향해서는 도대체 누가 분노할 것인가.

친구는 남편이 불법 촬영에 반대하는 페미니스트 집회를 보고 남성들을 다 범죄자 취급하는 것 같아 불편하다는 이야기를 했다고 한다. 그런데 콕 짚어 말할 수는 없지만 그 말에 동의할 수 없어 기분이 묘했다고 한다. 각자의 불편함은 어디에서 온 걸까? 여성들 대부분이 공중화장실에 갈 때마다 몰카에 대한 불안감을 느낀다. 한 번이라도 남성들이 이에 대해 문제 제기를 한 적이 있었던가? 혹시 문제의식도 느끼지 못하고 별 생각 없이 몰카를 소비하지는 않았을까? 여성 대상의 오래된 범죄에 대해서는 불편함을 느끼지 않았던 이들이, '몰카를 찍는 사람도 보는 사람도 다 범죄자'라는 공격에 이제야 불편함을 느끼고 있다. '나는 아닌데 왜 남자들을 다 범죄자로 동일시하느냐'고 억울해한다.

내 남편도 주로 가만히 있다가 괜히 잠재적 범죄자 취급을 당하는 평범한 남자들의 억울함을 이해받고 싶어 했다. 하지만 이미 기울어진 운동장에서 중립을 지키고 가만히 서 있던 무관심한 남성들 역시 기득권으로서 그 기울기에 동조한 것이라는 지적을 하지 않을 수 없다. 한국 남성들을 범죄자 취급하는 걸 불편해하기 전에, 몰카 범죄를 같이 불편하게 생각해줬으면 좋겠다는 얘기다. 가해자의 성별과는 별개로, 잘못된 일에 대해서 같이 분노하는 것이 너무나 당연한 일이 아닌가.

지금까지는 몰랐을 수 있다. 하지만 지금까지의 침묵에 대해 공격받고 있는 지금, 어쩌면 분노의 대상은 기존의 보편적

관념을 공격하는 페미니즘이 아니라 오랫동안 관철되어 온 불평등이 되어야 하지 않을까.

“남자들은 페미니즘에 대해 화를 내고 있는데, 여성들의 삶을 위해서는 도대체 누가 화를 내고 목소리를 내어줘?”

“…내가 분노해줄게.”

남편은 곰곰이 생각하더니 대답했다. 그 말을 듣고 나니까, 비로소 우리가 잠시나마 같은 세계에 발을 디뎠다는 느낌이 들어 조금은 안심했다.

이것도 미투야?

최근 '미투 운동의 이면'이라는 제목이 달린 기사를 봤다. 미투 운동 이후에 남성 관리자들이 여성에 대한 멘토링을 꺼린다는 내용이었다. 미투 때문에 테이블에 함께 앉아 있는 것도, 같이 커피를 마시는 것도, 말을 섞는 것도 조심스럽다는 것이다. 그저 사람과 사람의 업무적 대화라고 생각한다면 마주 앉은 여성의 고발이 두려울 이유가 뭐가 있을까? 이 기사에 "성추행하지 않는 것이 그렇게 어려운 일이냐"는 댓글이 달리자, 이번에는 "살면서 성희롱은커녕 남자에게 눈빛 한 번 못 받아봤을 것 같은데 왜 부들거리냐"는 댓글이 달렸다.

여성들의 입장에서 미투 때문에 직장 동료가 내게 끈적한 눈빛 한 번 던지지 않는다면 아쉬운 게 아니라 반길 만한 일이다. 아무래도 일부 남성들은 이성에 대한 호감과 성희롱을 동일시하고 있는 것 같다. 다른 사람을 좋아하는 마음을 품을 수 있다. 그러나 상대를 이성적으로 생각하는 것만으로도 성희롱이 된다면, 그렇다면 그 호감의 방식 자체가 얼마나 잘못되었다는 뜻인가. 여태껏 얼마나 보편적으로 성희롱이 긍정적인 감정의 발현처럼 포장되어 왔다는 것인가.

미투는 성희롱이나 성폭행에 대한 경험을 공개하며 지금까지 이런 일들이 얼마나 공공연히 일어났는지 알리는 해시태그 운동으로 시작됐다. 지금까지는 오히려 피해자가 움츠러들고 숨어야 했으나, 피해 사실을 폭로하며 이제야 조금씩 가해자에게 초점을 맞출 수 있게 되었다. 꼭 거물급 인사들 사이에서 일어나는 거창한 사건들이 아니었다. 정치, 예술, 스포츠, 방송에 종사하는 사람들의 문제가 아니라 평범한 직장인이 바로 오늘 아침에 겪은 일이기도 했다.

사회적 약자에게 공공연하게 묵인되어온 성범죄를 비로소 거절하고 폭로하기 시작했으나 이에 대한 반발로 여성혐오는 오히려 더욱 심각해지고 있다. 미투 때문에 여성에게 말도 못 걸겠다며 도리어 그들을 과민 반응하는 사회 부적응자로 치부하는 사람들이 생겼다. 자칫하면 성 범죄로 오해받을 수 있으니 아예 여성들과 겸상은 하지 않겠다는 주장, 여성과 같은 공간에서 일하거나, 함께 밥을 먹거나, 말을 섞지 않겠다는 배제의 태도를 보이는 것이 결국 펜스룰이다.

펜스룰 하자고 말하는 사람들은 '나는 성희롱의 의도가 없이 떳떳하다. 아예 여성을 배제함으로써 그것을 증명해 보이겠다'는 뜻인지도 모른다. 혹은 '여성들이 너무 예민해져서 죄 없는 내가 피해 입을까 두렵다'는 뜻일까? 아니다, 그동안 얼마나 가볍게, 얼마나 일상적으로 성희롱과 성추행이 이루어져 왔는지 그들도 사실은 알고 있다. 자신도 그럴 의도는 없었는데 실수로 상대 여성을 성추행할 수 있다는 사실이 두려운 것이다. 한편으로는 '치사하고 더러워서 안 만져!'라는 태도를 부끄러움 없이 당당하게 취하는 것으로도 보인다.

일부는 "아, 미투 때문에 같이 회식하면 안 되지?" "커피 한 잔 부탁할까? 아, 이런 것도 미투인가?" 하며 이를 가벼운 농담거리처럼 소비하기도 한다. '미투 때문에'라고 운을 떼는 말 대부분에는 여성과 가까이에서 접촉하거나 함께 밥을 먹으면 안 된다는 깃털처럼 가벼운 대처와 비아냥거림이 전제되어 있다. 미투에 대해 진지하게 받아들이기를 은연중에 거부하는 태도는 '설마 이 정도로 미투라고 할 건 아니지?'라는 경고와, '별 것도 아닌 걸로 예민하게 구는 건 웃음거리일 뿐'이라는 냉소를 드러낸다.

사실 펜스룰이 통용된다는 것 자체가 남성들이 사회적 우위를 점하고 있다는 것을 전제로 한다. 그들은 여성을 성적 대상으로 취할 수도 있고, 자신들이 원하지 않으면 밀어낼 수도 있다고 여긴다. 두 가지 모두 여성의 의지는 고려되지 않는다. 특히 직장에서의 여성 배제는 남성을 고발하는 여성들에 대해 펜스룰이라는 방식으로 일종의 복수를 하는 것처럼 보이기도 한다. 임원진이 모두 여성인 회사에서라면 남성 사원이 펜스룰을 주장할 수 있을까. 그들이 여성을 다루는 방식에서 여성들은 여전히 사회적 약자다.

펜스룰이 마치 꽃뱀을 대하는 가장 안전하고 떳떳한 방법인 것처럼 여겨지는 것에는 또 다른 문제가 있다. "미투 때문에 업무적 대화는 메신저로" "미투 때문에 같이 식사는 못 하겠다"는 농담인지 진담인지 모를 말들은 기존의 여러 성희롱이 의도치 않게 이루어졌다는 의미를 내포하고 있다. 나는 지금 너를 성희롱, 성추행할 의도가 없지만 내 의도와 상관없이 그런 결과를 야기할 수도 있으니 애초에 원인을 만들지 않겠다는 뜻이다. 그들은 내가 될 수도 있었던 가해자에게 감정이입을 하고 있다.

그것이 결과적으로 성희롱, 성추행 가해자를 감싸는 태도라는 것을 본인은 알고 있는지 궁금하다. 여성이 모두 꽃뱀이 아닌 것처럼 남성이 모두 성희롱, 성폭행의 가해자는 아니니다. 상대방을 성적으로 불쾌하게 할 의도가 없는데 스스로를 잠재적 가해자라고 여겨야 할 이유는 전혀 없다.

여직원과 밥 먹으면 고소당한다는 그 안일한 생각에 대해 따져 묻고 싶다. 왜 여성이 당신의 의도를 올바르게 파악하지 못하리라고 생각하는가? 당신은 상대 여성에게 아무런 성적인 수치심을 줄 의도가 없는데 왜 그 여성이 당신을 오해할 거라고 여기는가? 어쩌면 그것은 여성을 쉽게 성적 대상화할 수 있었던 사회적 분위기가 자신에게도 스며들어 있다는 것을 인정하는 일은 아닌가? 그 마음의 잔재가 자신에게도 남아 있다는 것을 알기 때문에 혹시 모를 실수를 피하기 위해 접촉 자체를 경계하는 것인지도 모른다. 그렇다면 여성을 배제하는 것이 아니라 지금까지 취했던 태도, 여성을 한 인격체로 대하는 방식을 점검해볼 일이다.

표절이라는 것을 증명하기란 참 오묘하다. 사람이 누구나 세상에 없었던 새로운 생각을 떠올릴 수 있는 것은 아니기 때문에, 창작하는 사람이라면 누구든지 표절에 대한 두려움을

일부 가지고 있기 마련이다. '나는 분명히 표절이 아닌데 어딘가 나와 같은 생각을 하는 사람이 있었으면 어떡하지?' 그래서 표절 시비가 붙었을 때, 그게 누가 봐도 아주 분명한 상황이 아니라면 섣불리 누군가의 편을 들기 어렵다. 그게 만약 오해라면, 그 일은 나에게도 생길 수 있다.

미투에 펜스룰로 대응하는 분위기가 퍼져 나가고 있다는 것은, 어쩌면 언제든지 나도 가해자가 될 수 있다는 동질감에서 나오는 위기의식이 아닐까. 꼭 고위 임원진이 아니더라도, 일반 남성들도 미투의 가해자들과 까마득히 멀리 있지는 않다고 그들 스스로 생각하기 때문에. 펜스룰은 바로 그 동질감에서 시작된 두려움을 표출하는 것인지도 모른다. '나는 성희롱할 생각이 없는데 성희롱으로 오해받으면 어떡하지?'

우리가 지금까지 사회에서 여성을 다뤄온 방식이 너무나 익숙하기 때문에, 기존에 우리가 가지고 있던 가치관을 완벽히 필터링할 수 없다는 것을 우리는 은연중에 알고 있다. 비단 남성들에게만 화살을 돌리자는 것이 아니라, 여성들 역시 필요한 변화에 대하여 조금씩 알아가고 바꿔나가는 단계다. 미투 운동은 그 과정이기도 하다.

우리가 아무 생각 없이 한 말이 성평등에 위배되거나 때로는 여성혐오 발언일 수 있다는 두려움이 있다면, 더 심한 여성혐오로 그들을 배제하는 것이 아니라 그 관념을 고쳐나

가야 한다. 그런데 기존에 여성을 다루는 방식이 잘못되었다고는 말하지 않고, 내 가치관은 바꿀 생각 없으니 유지하되 아예 그 상대를 배척하겠다는 것. 그게 바로 지금의 펜스룰이다. 결국 잘못된 것을 알면서도 기득권을 강화하겠다는 의미밖에 되지 않는다.

여성들을 멀리함으로써 오해받을 만한 싹을 자르겠다는 방향으로는 조금도 나아갈 수가 없다. 상식적인 선에서 인격적으로 상대방을 대하려고 노력하자는 것이 그리 대단한 부탁은 아닐 것이다. 사람과 사람이 식사를 하고 대화를 나누고 함께 일을 하는 것에는 아무런 문제가 없다. 오해받을 짓을 해야 오해를 받는 것이다. 여성과 같이 식사하지 않겠다는 말을 내뱉는 것이 얼마나 자신의 미성숙을 드러내는 부끄러운 일인지, 펜스룰을 주장하기 전에 돌아볼 필요가 있다.

일상의 공포와 살아간다는 것

얼마 전 새벽까지 친구들과 술을 마시다가 새벽 2시가 넘어서 택시를 탔다. 남편은 가끔 택시나 대리를 타고 잠이 들곤 하던데, 웬만하면 취한 채 택시를 타고 잠드는 여자들은 많지 않을 것이다. 그때만큼은 최대한 정신을 똑바로 차리고 또박또박 목적지를 말한다.

택시 기사님은 출발하자마자 나를 흘깃 보더니 말했다.

"술 먹었나 보네."

"아, 친구들이랑…."

"몇 살이에요?"

"네? 그냥 삼십 대…."

"어우, 어려보이네. 내가 서른넷이야. 비슷하네?"

그러더니 그는 자신이 투잡인데 무슨 일을 하고 있다, 벌써 결혼을 했다니 아쉽다, 앞으로 만나고 싶으면 이 동네로 오면 되냐 하고 쾌활하게 떠들었다. 그때 내 머릿속에 떠오른 두 가지 생각은 이 상황이 몹시 불쾌하다는 것, 그러나 그의 심기를 거스르지는 말자는 것이었다. 나는 동네에 다다르자 애써 어색하게 웃으며 여기서 내려달라고 말했고, 그는 굳이 집 앞까지 가주겠다며 골목으로 차를 몰았다.

"여기, 여기서 내리면 돼요."

차에서 내리고 나서야 긴장이 풀렸다. 나는 가정에서, 회사에서, 사회에서 내가 생각하는 것을 표현하는 것이 속 시원한 사람이지만 경고등이 반짝 켜지면 오히려 쉽게 맞장구치고 의견을 숨기며 웃는 사람이 되었다. 이성이 통하는 사람들 사이에서는 나 역시 하나의 인격이 될 수 있었지만, 위험한 상황 속에서 난 그냥 초식동물이었다. 달리기도 잘 못하는.

내가 살아가고 있는 세계가 문명사회라는 것이 무색하도록 힘의 논리는 강하고, 혼자 사는 젊은 여자는 그중에서도 최약체였다. 혼자 자취하던 집에서 배달음식을 시켜 먹을 때,

잠결에 문이 덜컹하는 소리를 들을 때, 밤중에 택시를 타거나 어쩌다 남성과 밀폐된 공간에 단둘이서 있게 될 때 나의 의지는 힘을 잃었다. 일상 속에서 얼마든지 접할 수 있는 수많은 상황 속에서 틈틈이 공포감을 느끼면서도, '웃어줘서', '만만해 보여서', '호감을 거절하지 않아서'처럼 피해자 쪽에 가해지는 화살들을 경계해야 하는 것이 싫었다.

여성 5명 중 1명이 대중교통에서 성희롱을 당한 경험이 있다고 한다. 사당행 버스에서 잠든 내 허벅지를 쓰다듬던 아저씨가 있었고, 지하철에서 지극히 의도적으로 엉덩이를 더듬는 게 느껴지는 건 여자들 사이에선 이야깃거리도 아니다. 이렇게 대중교통에서 성희롱 당하는 여성들을 보호하기 위해 여성 전용 주차장이나 여성 전용 지하철 칸이 등장했지만, 잇따라 오해 받기 싫으니 남성 전용 버스나 지하철 칸도 만들어 달라는 주장에 이어 청원까지 나왔다. 그저 남녀의 공간을 분리시키는 것이 근본적인 해결책이 될 수는 없겠지만, 그렇게 간단히 뒤집어 생각하는 건 놀랄 만큼 단순한 발상이다. 남성들의 범죄 가능성이 높고 여성들이 잠재적 피해자라고 단정지어 본다면, 당연히 남성 전용 칸을 만들어서 잠재적 가해자를 분리시키는 것이 합당하다. 왜 피해자가 도망치고 피해 다녀야 한단 말인가? 뒤집어 보면 여성 전용 공간이라는 건 남성들에게 주어지는 일상을 유지한 채 작은 금지 구역 하나가 생겼을 뿐이다. 여성들에게는 나에게 일어날 수 있는 일로부터 미리 도망칠 수 있는 작은 가능성 하나를 열어뒀을 뿐이고.

페미니즘이 때때로 생존권을 언급하게 되는 이유는 권위적으로 기울어진 측면 외에도 물리적인 불리함이 있기 때문이다. 남자들끼리는 물론이고 대부분의 여성이 몸집이 작고 힘이 약하다는 이유로 자주 데이트폭력이나 가정폭력의 피해자가 된다. 이는 어린아이들에게도 비슷하게 작용하는 측면이 있다. 아이들은 왜 학대받을까. 작고 힘이 약해서, 그들을 학대하는 성인들이 힘이 세고 비겁해서다. 만약 나이가 어릴수록 몸집이 크고 힘이 셌다면? 여성이 남성보다 키가 크고 근육이 많았다면? 그래도 우리는 어린아이를 때리며 훈육하거나 여성을 범죄의 대상으로 쉽게 삼을 수 있었을까. 여성이기 때문이 아니라 약자이기 때문에 마치 동물의 세계처럼, 정글에서 사는 것처럼 주변을 살피고 몸을 잘 숨겨야 한다.

사실 물리적인 약자로 살아가는 것보다 더 두려운 것은, 이러한 일상적인 공포를 사회적으로 그리고 내 주변의 남성들로부터 공감 받지 못하고 있다는 사실을 불현듯 깨달을 때다. 별생각 없이 던지는 한 마디 한 마디를 잘 들여다보면, 때로 이들이 가해자의 입장에서 사고하고 있다는 걸 쉽게 발견할 수 있다.

"얼마 전에 그 친구 학교에서 성희롱 당했대."

그런 소식을 접했을 때 우리는 먼저 피해자를 걱정하거나 가해자의 행동을 지적해야 한다. 하지만 무심코 "걱정 마, 네 얼굴은 안전해" 혹은 "그 친구 예뻤나 보네?" 같은 종류의 낄낄거림을 얼마나 수없이 목격했는지 모른다. 심지어 여성들 스스로도 걱정해주는 남자친구에게 "걱정 마, 나는 아무도 안 잡아가" 하고 웃어넘긴다. 예쁜 여자라서 호감을 잘못 표현하는 남자가 많은 거라는 칭찬, 못생긴 여자는 성폭행으로부터 안전하다는 비아냥은 모두 똑같은 여성혐오다.

"같이 술 먹고 취한 거 보면 동의한 거 아니야?"
"그 여자, 예뻤나 보네."
"그러니까 짧은 치마 입고 다니지 말랬잖아."

피해 사실을 고발했으나 이런 말이 돌아올 때, 문제를 직시하지 않으면 해결책을 찾기는커녕 일부의 피해자로서 목소리를 내는 것조차 어려워진다. 약자가 주장하는 평등, 여성이 주장하는 페미니즘은 한 단계마다 벽에 부딪치고 있다는 막막한 기분이 든다.

최근 들어 성 범죄나 미투에 대해서 언급할 때 나는 남편이 묘하게 그 대화를 불편해하고 있다는 인상을 받았다. 나는 그가 나와 함께 분노해주기를 바랐지만, 그는 남 일처럼 묘하게 거리를 두는 듯했다. 따지고 보면 남 일이 맞지만, 그건 나에게도 언제든지 일어날 수 있는 일이었다. 하지만 그는 일단 그게 자신의 아내와는 전혀 무관한 일이라고 생각하는 것 같았고, 더불어 자칫 자신에게 화살이 향해지는 것을 방어하고 싶어 하는 듯했다. 마치 내가 그가 저지르거나 혹은 앞으로 저지를 가능성이 있는 일에 대해서 비판하고 있는 것처럼.

그도 한국 사회를 살아가고 있는 한 남성으로서, 단지 억울할 뿐일까? 여성들이 아무 일도 저지르지 않은 남성들을 비난하고 있다고 생각할까? 그가 은연중에 여성에게 원인을 찾으려 들거나, "왜 나한테 그래?"라고 한 발자국 물러날 때면 나는 매번 머리가 복잡했다. 내 남편과 마찬가지로 평범하게 살아가고 있는 세상의 수많은 보통 남성들이 이 문제를 어떻게 느끼고 있는지 알 것 같아서였다.

사람들은 자신의 경험을 토대로 세상을 바라보기 마련이다. 남자들이 술 먹고 택시를 타서 잠이 들 때가 있다는 말을 듣고, 택시 기사님들이 현금을 내지 않는다고 윽박지른 경험이 없다는 이야기를 듣고 여성들은 놀랐다. 그 세계를 접해본 적 없는 남성들도 놀라는 듯했다. 이건 뉴스에 나오는 이야기가 아니다. 일상 속에서 불쾌한 경험을 얼마나 하느냐의 차이가 '내가 당연하다고 느끼는 세계'를 만든다.

물론 억울할 수도 있다. 나는 안 그럴 건데? 나는 나쁜 사람이 아니고, 너한테 해코지할 생각도 없는데 왜 나를 잠재적 가해자로 취급해? 그렇게 묻기 전에 여성들이 어떤 세상에서 살고 있는지 한 번쯤 들여다본다면, 그리고 여성들이 안전한 세계에 안착할 수 있도록 같이 자리를 좀 만들어 준다면 어떨까?

하루에도 수많은 범죄 사건이 일어나는데, 특히 2018년 하반기엔 사람들을 분노하게 한 잔인한 사건이 있었다. PC방에 간 남성이 사소한 시비에 휘말렸다가 죽임을 당했는데, 칼로 찌르는 방식이 잔혹해서 담당 의사가 "원한에 의한 살인이 아니고서야 이럴 수는 없다"는 울분을 토했을 정도였다. 그 일이 있고 나서 남편은 "PC방 가는 게 괜히 무섭다"고 인상을 찡그렸다. 이미 무덤덤해진 성희롱이나 성폭행에 비해 PC방에서 일어난 잔혹한 칼부림을 보고서 실질적인 두려움을 느낀 사람들이 많았다. 주로 여성을 대상으로 하는 성폭행과 달리 일상적인 공간에서 누구에게나 일어날 수 있는 일이기 때문이다.

남성들이 무고죄에 반응하는 방식도 비슷했다. 성희롱을 가볍게 넘기고 성폭행에 대하여 2차 가해를 서슴지 않던 남성들도 무고죄에 대한 처벌은 강화해야 한다고 격렬하게 주장했다. '내가 할 수도 있었던 일'과 '내가 당할 수도 있었던 일'의 차이라고 말한다면 과한 걸까.

어떤 범죄가 일어났을 때 그 범죄가 일어날 수밖에 없었던 피치 못한 이유를 찾으며 피의자를 감싸줄 필요는 전혀 없다. 그건 내가 피해자보다 가해자에 가깝다고 느끼기 때문에, 그쪽에서 더 많은 이유를 찾을 수 있기 때문에 나오는 말일지도 모른다. 성범죄의 심각성을 진지하게 받아들이지 않음으로써, 그리고 문제 요소를 알고도 침묵함으로써 누구나 2차 가해자가 될 수 있다.

사람들의 관심사는 늘 자신과 가까운 곳에 있다. 반려동물을 사랑하는 사람들은 유기동물 보호소에 후원하고, 질병으로 가족을 잃은 경험이 있으면 그 질병의 치료제를 개발하는 데에 힘을 보태고자 하고, 내가 어릴 때 학대를 당했다면 아동 인권 향상을 위해 노력하고자 하는 게 사람 마음이다. 나는 동물이 아니라서 동물 학대를 겪을 일이 없고 아이가 아니라서 아동 학대를 당할 일은 없지만 나 역시 약자가 될 수 있다는 사실을 알기에 그들의 편이 되어주고 싶다. 성범죄 역시, 모든 남성들의 입장에서도 바로 내 가족에게 일어날 수 있는 일이다. 내가 겪지 않는 일이라고, 내 여자친구나 아내가 겪은 일이 아니라고 해서 아예 딴 세상 일로 치부할 수는 없다.

그러니까, 적어도 누가 누구에게 성별이 다르다는 이유로 쉽게 위해를 가했을 때 같이 분노할 수 있었으면 좋겠다. 약자에 대한 이해, 공감대를 조금만 넓혀 범죄의 원인을 피해자에게서 찾지 않았으면 좋겠다. 그리고 그에 대해 논할 때 나는 당신을 비난하는 것이 아니다. 우리는 나쁜 일을 한 사람을 나쁘게 생각하면 될 뿐이다.

젠더 이슈,
말할 때마다 싸운다

정치가 내 인생에 처음 들어온 건 고등학교 사회탐구 과목으로 불쑥 등장했을 때였다. 수업을 열심히 듣기는 했던 것 같은데 뭘 배웠는지는 한 줄도 기억나지 않는다. 그때까지만 해도 정치라는 건 결국 어른들의 사정이었다. 내게는 객관식 답안 중에서 가장 그럴 듯하고 옳은 것처럼 보이는 문장을 선택하는 것만이 중요했다.

하지만 20대 중반을 넘어설 때쯤 언제부턴가 친구들끼리 모이기만 해도 정치 이야기를 하게 되었다. 어느 시점부터 정치는 더 이상 신문을 들여다보는 어른들만의 것이 아니라 내가 속한 삶의 일부였고, 내가 직접 살아가고 부딪치고 있는 그 생활에 대해서 내게도 주관이 생기지 않을 수 없었다. 최소한 소문이 아니라 진실이라고 판단할 수 있는 부분에 대해, 일부는 지지하거나 일부는 옳지 않다는 의견을 가지게 되었다. 어떤 일은 어쩔 수 없다고 타협하고 넘겼지만, 어떤 일은 굽히지 않기 위해 발끝에 힘을 주고 버텼다. 성인이 되어 한 사람의 독립된 몫을 하고 살아갈수록 여러 가지 정책들이 내 피부에 직접 와닿았다.

정치에 대한 논쟁은 왜 항상 그렇게 예민할까. 왜 가족끼리도 정치 이야기는 하지 말라고 할까. 정치는 단순히 어느 정당의 편에 서는 문제가 아니라 세상이 흘러가는 방향을 보는 기준이기도 했다. 어떤 사람들에게는 그 사람의 근간을 이루고 있는 커다란 여러 개의 중요한 기둥 중 하나일 때도 있었다. 그러니 내가 믿고 바라는 세상의 뿌리를 부정하거나 공유하지 못하는 사람과는 충돌할 수밖에 없을지도 모른다. 마치 내 의견이 아니라 내 존재 자체를 부정하는 것처럼 느껴지는 것이다.

내 친구는 행사가 있어 야외에서 일을 하다 점심을 먹고 있었는데 한 어르신이 다가오더니 "너희가 대통령을 잘못 뽑아서 나라가 이 지경인데 밥이 들어가느냐"고 호통을 치고 갔다고 한다. 내가 알기로 처음 보는 사람에게 서슴없이 호통을 치는 경우 그들이 가지고 있는 탄탄한 근거는 두 가지다. 종교, 아니면 정치. 중요하게 여기는 가치관이 뿌리 깊이 다른 그분들과 대화의 장을 열고 서로의 의견을 공유하는 것은 현실적으로 몹시 어려울 것이다. 우리는 말없이 그들과 멀어지는 쪽을 택한다.

하지만 배우자는 다르다. 만약 남편과 정치에 대한 견해가 극과 극으로 달랐다면 어땠을까? 솔직히 잘 모르겠다. 우리는 각자가 어떤 정치적 성향을 또렷하게 지지하고 있지는 않다. '오늘 저녁 뭐 먹을까'처럼 자주 꺼내는 주제도 아니다. 그러나 그럼에도 불구하고 정치적 견해가 달랐다면, 아마 마음 한편에 있는 불편함을 완전히 해소하기는 어려웠을 것이다. 나뿐 아니라 그도 마찬가지였으리라. 어쩌면 정치적 견해라는 건 세상을 바라보는 관점의 차이를 그저 눈에 또렷하게 보이게끔 만들어주는 일종의 장치 중 하나인지도 모르겠다.

꼭 정치가 아니더라도 사람의 가치관을 반영하고 있는 영역은 개개인마다 다르다. 우리 부부는 지금 고양이 세 마리를 키우고 있는데, 가깝게는 반려동물을 대하는 방식만 해도 우리는 극과 극으로 달랐다. 나는 고양이를 힘으로 제압하거나 교육하려고 하는 그의 모습을 발견할 때마다 놀라고 실망했다. 그는 고양이가 내 물 컵에 발을 담그도록 내버려두는 모습에 경악했다. 그는 나를 유난스럽다고 생각했고 나는 그가 (미안한 얘기지만) 야만스럽다고 생각했지만 누가 옳고 그르다고 할 수는 없었다. 다만 우리가 가정을 이루고 함께 살아

가기 위해 어느 정도 합의점을 찾아야 했다. 그는 모르는 사람도 아니고, 고양이도 아니고, 나와 함께 살아가기로 약속한 배우자였다.

〰

우리가 세상을 살아가는 방법과 이해하는 방식이 다른 것은 당연한 일이다. 각기 다른 부모님 밑에서 자랐고 서로 다른 선생님과 친구들을 만났고 관심을 가지고 파고들어온 분야가 전혀 달랐기 때문에. 태어났을 때부터 한쪽은 남자아이로 길러졌고 다른 한쪽은 여자아이로 살아가도록 배웠다. 단적으로 드러나는 신체적 차이보다도 더 큰 가치관의 차이가 우리 사이에는 있었다.

어쩌면 우리 사회가 서로의 성 역할에 대한 고충을 쉽게 이해하지 못하는 것은 어쩔 수 없는 일인지도 모른다. 각자가 당연하게 접해온 많은 요소들이 상대방의 것에 대해서는 미처 생각해보지 못했던 영역에 머물러 있었다. 이를테면 그는 내가 본능처럼 느끼는 거주지의 불편이나 공포를 이해하지 못했다. 자취방을 고를 때 남자들은 편의와 공간을 중점으로 보지만 여자들은 집에 가는 길에 가로등이 있는지를 체크한다는 것을. 사무실에서 예쁘다는 칭찬을 듣거나 상냥함이 여직원의 미덕으로 꼽히는 것이 내게는 불편할 수도 있는 일이라는 가능성 자체를 떠올리지 못하는 듯했다.

그러니까 내가 남편과 살면서 놀란 것 중의 하나는 내가 예민하게 듣는 그 모든 문장들이 남편에게는 나만큼 날카롭게 꽂히지 않는다는 점이었다. 와이프를 우습게 만들거나 엄연히 존재하는 여성혐오 문제를 방관하는 종류의 모든 농담이 남편에게는 대수롭지 않은 일상 같은 일이었다. 그런 사소한 일상적 문제를 마주칠 때마다 나는 그에게 예민한 사람이 되었고, 그는 나에게 실망스러운 사람이 되었다. 나에게 숨 쉬듯이 일상적으로 닥쳐온 세상이 어떤 것이었는지 그가 모른다는 건 숨 막히게 답답한 일이었다.

특히 이전 세대와 달리 여성과의 경쟁에서 지는 경험을 실제로 해온, 그리고 군대에서 2년의 시간을 보내고 온 20대 남성들은 성 차별을 실감하지 못하는 경우가 많다. 두꺼운 칸막이 너머 여성들이 살아온 세상을 밟아본 적 없는 남성들은 "도대체 차별이 어디에 있느냐"고 말한다. 눈앞에 여성이 겪는 불편과 불안을 들이밀며 설명해도 "이게 왜 힘들어?"라고 고개를 갸우뚱하기도 한다. 단순해 보이는 문장 뒤에 차곡차곡 감춰진 함의를 이해할 필요 없는 삶을 살았다는 뜻이다.

그러나 여성이 받는 고통에 무관심한 남성들도 그들의 미래가 될지도 모르는 불안에 대해서는 뾰족하게 반응한다. 이를테면 실제로 적용되지도 않은 여성할당제 때문에 자신이 피해를 입고 있다고 믿는 일이 생기기도 하고, 결혼은커녕 취직도 안 한 20대 초반 남성들이 남자는 결국 ATM이 될 뿐이니 안쓰럽고 불쌍하다며 가장의 무게에 대한 동질감을 느끼기도 한다. 동시에 유모차에서 자는 아이를 데리고 나와 커피나 먹는 한가한 맘충은 남편 돈으로 놀고먹는 중이므로 비난의 대상이다. 기성세대에서 보고 배운 피해의식과 인터넷에 뿌리를 둔 여성혐오가 뒤섞여 보고 싶은 대로 보는 진실을 어디서부터 바로잡아야 할까? 많은 남성들이 여자친구를 사랑하면서도, 한편 또래 여성들이 시대 변화에도 불구하고 여전히 현재 진행형으로 겪고 있는 외모 평판이나 성희롱 같은 것에 대해 실감하지 못한다.

그래서 여성의 인권을 향상시키는 운동이 불필요하게 내 몫을 빼앗기는 일처럼 느껴질 수도 있다. 가진 것을 빼앗길 여지가 있기 때문에 타협 자체를 피하고 싶은 사람은 대화를 회피하거나 화를 내는 방식으로 문제를 해결하려고 한다. 나는 남편과 명절은 각자 보내기로 약속한 뒤 그가 슬그머니 재타협을 요청했을 때, 내가 더 이상 그 문제에 대해 이야기하고 싶지 않다는 사실을 깨달았다. 아, 현재에 불만이 없는 사람은 굳이 에너지를 들여 상황을 바꾸려고 노력할 필요가 없구나. 그래서 그는 내가 문제 제기를 하면 자꾸만 말을 돌렸구나. 하지만 두 사람이 관계를 맺고 살아가기 위해서는 그 하기 싫은 일을 어떻게든 할 수밖에 없다.

최근 페미니즘을 이슈로 하여 말다툼을 해본 커플이라면 남자친구에게 이 말을 들어봤을지도 모르겠다.

"너 요즘 페미니즘이니 뭐니, 그거 때문에 그래?"

혹은 더 많은 의미를 담은 한 문장, "너 페미니스트야?"

이 당당하고도 이기적인 문장에 황당함을 느끼는 이유는, '원래 이 세상은 네가 양보하는 것으로 설계되어 있는 건데, 왜 갑자기 안 하겠다는 거야?' '내가 원하는 대로 살아주면 얼마든지 돌봐주고 예뻐해줄 텐데, 왜 새삼스럽게 거부하는 거야?'라는 숨은 뜻을 읽지 않을 수 없기 때문이다. 이 대사를 내뱉는 남성들이 페미니즘을 피하고 싶은 이유는 자신이 당연하게 누려왔던 것을 빼앗길지도 모른다는 위기감 때문이다. 그런데 그것이 빼앗기는 것이 아니라, 내 여자친구가 당연히 누려야 했던 권리와 자유라면 어떨까.

놀라울지도 모르지만, 많은 페미니스트는 우리가 늘 일상 속에서 만날 수 있는 평범한 사람들이다. 얼굴에 써 붙이고 다니지도 않을뿐더러, 굳이 당신과 싸우는 것을 좋아하지도 않는다. 자신을 '페미니스트'라 지칭하지 않더라도 일상 속에서 불편함을 느낄 수 있고, 그것에 대하여 사랑하는 사람과 논의하며 개선하고 싶어 할 수도 있다.

여자친구가 페미니즘에 대해 말하고자 할 때, 그는 여자친구가 조금 더 나답고 자유롭게 살기 위한 방법을 함께 모색하고자 도움을 요청하고 있다는 걸 이해할 수 있는 사람일까? 어쩌면 지금까지 내가 아는 게 전부가 아닐 수도 있다는 얕은 의문과 가능성이나마 떠올려줄 수 있을까? 현상을 먼저 명확히 들여다보지 않으면 다음 논의는 없다. 연인 간의 대화에서 제일 중요한 건 내가 진실이라 믿어온 것 이외의 진실을 받아들이는 것과 나에게 아무렇지 않았던 일이 상대에게는 그렇지 않았다는 것을 이해하는 일이다.

대부분의 연애 고민은 사실 서로의 성향이나 가치관이 다르다는 것 자체에 달려 있지 않다. 그보다 '그 사람이 내 이야기를 얼마나 관심 있게 듣고 고민하느냐'의 문제다. 성차별이라는 하나의 이슈에 대해 서로의 생각이 다를 때 우리는 각자가 믿어온 진실과 가치관의 우선순위를 듣고, 고민하고, 갈등하고, 부분적으로나마 이해하는 방법을 찾아야 한다. 시간을 들여 일부러 공부해야 하고, 필요하다면 책이나 강연을 찾아봐야 하고, 불편한 부분을 더듬어 질문을 던져야 한다. 안타깝지만, 페미니즘에 관심이 있는 여성이 조금도 관심이 없는 남자친구를 설득하기 위한 10분짜리 속성 강의는 없다는 뜻이다. 어쩌면 내가 살아왔던 세계를 총괄적으로 이해해달라고 요청하는 것은 마치 생리통을 느껴달라는 것 같은 요구일지도 모르나, 그럼에도 우리는 서로가 주장하는 불편과 고충을 이해하려는 노력을 하지 않으면 안 된다. 적어도 우리가 사랑을 하고 있다면 말이다.

3

네,
저는 예민한 여자입니다

결혼에도
취사선택이 필요하다

결혼을 앞두고 많은 생각을 해야 할 것 같았지만 사실은 별로 그렇지 않았다. 결혼 준비를 하면서 나는 별 생각이 없었다. 결혼에 대한 수많은 관습과 규칙, 조언 같은 것을 아예 알고 싶지 않았다는 말이 정확할 것 같다. 결혼은 집안과 집안의 결합이라 조율하고 맞춰갈 것이 많기 마련이라는데, 나는 우리가 집안과 집안을 잇는 다리 역할을 하는 것을 원하지 않았다. 연애는 두 사람의 일이었고, 결혼해서 살아가는 것도 결국은 독립된 성인 두 사람의 일이라고 여기고 싶었다.

결혼식이 사회적 관습인 것은 사실이지만 그걸 감안하더라도 지나치게 많은 정보와 경험담 그리고 조언의 홍수 속에서 갈피를 잡지 못하기 십상이다. "정말 안 해도 되겠어?" "나중에 섭섭할걸?" "그럼 부모님은?" "손님들이 불편하지 않을까?" 같은 질문을 하나하나 고려하다 보면 나중에는 내가 하고 싶었던 결혼식이 무엇인지도 잊어버리게 된다.

우리는 결혼 과정을 최대한 간소화하기로 하고 부모님을 포함한 다른 누군가와 결혼 과정을 시시콜콜 공유하지 않기로 했다. 결혼은 부모님 행사이기도 하다는 말은, 그냥 잊어버리기로 하고 부모님 손님의 숫자를 최소화해달라고 부탁했다. 각자의 부모님 의견을 우선순위로 두면 결혼은 총합 여섯 사람의 의견을 맞춰야 하는 행사가 된다. 당연히 의견 차이가 있고, 다툴 일이 생기기 마련이다.

우리나라 결혼식은 유독 수동적으로 이뤄진다는 생각이 든다. 결혼식에 대한 꿈은 다양한데 스스로 선택할 수 있는 것은 별로 없다. 돌이켜 생각해보면 결혼식 준비 과정이 결혼 이후의 삶을 은연중에 시사하고 있었던 것도 같다. 내가 선택하는 것보다 세상이 내게 선택해주는 것이 더 많은 삶.

내가 어떤 외모를 가지고 있든 결혼식 날에는 일괄적으로 날씬하고 아름다워야 하고, 혼자서는 걷지도 못하는 새하얀 드레스를 입어야 하고, 아버지의 손에서 신랑의 손으로 건네지며, 너무 웃어도 너무 울어도 흉이 된다. 결혼식에서 아름다워 보이고 싶은 것은 누구나 마찬가지겠지만, 때때로 그것은 나를 위해서가 아니라 하객들을 위해서인 것 같기도 하다.

"신부가 별로 안 예쁘다"는 말을 사람들은 악의 없이 그리고 별 생각 없이 던지곤 하니까.

아직 우리 사회에서의 결혼은 성 역할이 너무나 확고하게 고정되어 있다. 가정을 꾸리는 것은 남성에게도 어렵지만 여성에게는 내 가정 외에도 며느리로서의 도리까지 갑자기 너무 많은 역할이 쏟아진다. 결혼 후에 강요되는 수많은 아내로서, 며느리로서의 의무를 개인이 단호하게 거절하는 것은 어려운 일이다. 개선되어야 한다는 것에 대해 아직 사회적으로 동의 받지 못했기 때문이다. 그보다 더 큰 이유는 똑같은 절차를 밟아가면서도 많은 남편이 '원래 그런 것'이라고 생각하여 굳이 변화의 필요성을 느끼지 못한다는 점이다.

결혼 날짜를 잡고 웨딩홀 예약하기 전에, 폐백은 하지 않겠다고 먼저 선언했다. 폐백은 결혼 순서에 들어 있어서 별 생각 없이 하는 경우도 있지만, 기본적으로 예의상 해야 하는 것이라고 어른들이 권유해 어쩔 수 없이 하는 경우도 많은 것 같다. 그런데 한 번쯤 의문을 갖게 되는 것은 왜 친정 부모님은 제외하고, 시댁 부모님만 받느냐는 점이다.

유교가 정착되기 전까지 우리나라에서는 결혼을 하면 신

랑이 신부의 집에 가서 처가살이를 했다. 그래서 신부가 시부모님을 뵐 일이 없어 결혼식 3일 뒤에 음식을 만들어 신랑 집에 찾아갔고, 그것이 폐백의 유래라고 한다. 지금은 신부가 처음으로 시댁 어른들에게 큰절을 드리고 '한결같은 마음으로 모시겠으니 넓은 아량으로 맞아 달라'는 의미가 담긴 밤과 대추, 육포를 올려 인사를 전하는 시간이다. 그러면 시댁 식구들이 절값을 챙겨주고 밤이나 대추를 던져 자식을 많이 낳으라는 덕담을 돌려준다.

단순히 화려한 한복을 입고 다양한 사진을 남기고 싶어서 폐백을 선택할 수도 있겠지만, 따지고 들어가면 시대적 흐름과 맞지 않는 불편한 요소가 상당 부분 남아 있는 것도 사실이다. 꼭 그러한 의미 때문이 아니더라도, 시댁 부모님과 신랑, 신부가 폐백실에 들어가 행사를 치르는 동안 친정 부모님이 초조한 마음으로 복도에서 기다리고 있는 것은 역시 마음이 편치 않다. 요즘은 양가 부모님을 모두 모시고 폐백을 하는 경우도 간혹 있다지만, 역시 예외적인 경우다. 자식을 귀하게 키워 새로운 가정으로 독립시키는 것은 딸을 둔 부모든, 아들 둔 부모든 똑같은데 말이다.

결혼 준비와 결혼식까지의 과정에는 전통과 마케팅이 버무려진 관습이 아직도 진득하게 남아 있다. '버진(virgin) 로드'는 순결한 처녀로서의 마지막 순간을 아버지 손을 잡고 걸어 들어오는 길이다. 아버지는 딸을 신랑에게 건네주고, 신랑은 신부를 넘겨받는다. 딸 바보 아버지들에게는 물론 애틋하고 귀한 순간일지도 모르나, 여성이 남성으로부터 보호받거나 소유되는 대상이라는 오래된 상징을 떠올리게 한다.

점점 간소화되고 부부의 개성이 반영되는 스몰 웨딩이 많아지고 있음에도, '신랑은 한눈 팔지 않고 신부를 사랑할 것이며 신부는 긴장을 풀지 않고 외모를 가꾸겠다'는 기묘한 약속을 쉽게 들을 수 있다.

최근 남동생이 결혼을 했는데 동생은 내가 본 결혼식 중 가장 특이한 입장을 했다.

"먼저 오늘의 멋진 주인공 신랑이 그만큼 멋진 아버님과 손을 잡고 등장합니다."

"다음으로, 오늘의 또 다른 주인공인 아름다운 신부 입장이 있겠습니다."

동생 부부는 양쪽 다 아빠 손을 잡고 입장했다. 아빠는 뭘 아빠랑 입장하고 싶어 하느냐고 쑥스러워하면서도 내심 아들의 제안이 기쁜 것 같았다. 사소한 변화였지만 신랑도 아빠의 손을 잡고 등장함으로써, 두 사람 모두가 키워주신 부모님께 감사를 전하고 배우자와 가정을 꾸리고자 하는 첫 걸음처럼 보였다.

관습적인 결혼식에 대해 의아한 사람들이 많아지고 있는데도 실질적인 변화는 쉽지 않은 것 같다. 결혼식을 준비하는 과정에서 다투는 경우도 많은데, 두 사람이 결정하는 것보다 주로 부모님과 주변 사람들의 의견을 수용하는 과정이 갈등으로 이어진다.

우리나라에서 제일 먼저 사라져야 할 말은 '결혼은 집안과 집안의 결합'이라고 생각한다. 가뜩이나 거주지의 독립도 늦은 편인데 부모로부터 정신적으로 독립하지 못한 성인들도 많다. 결혼하지 않는다면 그것은 어디까지나 개인과 가정의 문제일 뿐이라 다른 사람에게 영향을 미치는 부분은 아니니 상관없을지도 모른다. 그러나 개인과 개인이 아니라 독립하지 않은 어느 가정의 딸, 아들인 채로 결혼하면 당연히 갈등이 생길 수밖에 없다. 조율해야 하는 의견이 너무 많고, 어느 하나를 양보하고 맞추는 과정 역시 각자의 부모님을 고려하다 보니 괜한 자존심 싸움이 되기도 한다.

그런 의미에서 결혼식의 절차 역시 보다 자유롭고 주체적인 과정이 되었으면 좋겠다. 결혼식은 끝이 아니라 그 이후의

긴 삶에 이어지는 하나의 상징적인 관문이다. 전통을 따르는 것도 좋지만 그 전통 안에서도 내가 납득할 수 있는 것을 취사선택할 수 있는 자유가 필요하다.

집안일은 반반?
책임자는 있다

"저녁 뭐 먹을까?"

"있는 거, 아무거나 먹자."

"…그러니까 있는 거 어떤 거? 아무거나 뭐?"

결혼하고 나니 누군가의 도움 없이 스스로 먹고 사는 나날의 시작이었다. 나는 누가 시키지도 않았는데 자연스럽게 매일의 저녁 메뉴를 생각했다. 처음에는 그게 재미있기도 했지만, 안 하던 짓을 하려니 결국 스트레스가 쌓이기 시작했다. 남편은 내가 엄청난 메인 요리를 만들기라도 해야 할 것 같아 부담스러워하는 줄 알고 "나는 아무거나 다 잘 먹어"라고 다독였다. 그 말은 진짜였고, 그는 냉장고 안에 있는 마른 반찬 몇 개만 있어도 불평 없이 밥을 먹었다. 하지만 나는 여전히 매일 저녁 시간이 다가오는 것이 부담스러웠다. 그러니까 아무거나가 뭔데?

그러다가 문득 알게 되었다. 내가 원하는 건 요리의 메뉴나 과정을 단순화하는 것이 아니라 그가 함께 생각하고, 같이 결정하는 과정이었다. 살림이라는 건 직접 해보지 않고서는 그 번거로운 과정들을 알 수 없다. 집안일의 항목은 보통 큼직하게 '요리, 빨래, 분리수거, 청소…' 같은 식으로 나눌 수도 있지만 디테일하게 들어가 세세하게 나누면 끝도 없다. 저녁을 차린다는 건 적당한 비용과 적당한 노력으로 먹을 수 있는 메뉴를 정하고, 냉장고에 있는 식재료를 떠올리고, 부족한 재료를 장을 봐서 채우고, 다 먹은 밥상을 치운 뒤 다음 날 아침에 먹을 게 있는지 생각하는 과정들을 모두 포함했다. 부엌 타일에 붙은 기름때를 지워야 하고, 잘 내려가지 않는 배수구를 치워야 하고, 냉장고에 생수와 맥주를 채워두는 것도 귀찮지만 주기적으로 해야 하는 일이었다.

남편에게 부탁하면 해줄 것이다. 하지만 남편에게 부탁하고, 칭찬하고, 혹은 잔소리하고, 반복해서 부탁하는 일은 생각만으로도 나를 지치게 했다. 내가 살림에 관심이 있거나 깔끔한 편이 아니라서, 일도 하면서 집안일도 관장해야 한다는 부담감이 더욱 무겁게 느껴졌다. 결국 나는 이내 어디에서 왔는지 모를 아내로서의 의무감으로부터 시들해졌다. 사실상 회사에서 식사를 각자 해결하거나 같이 외식하는 날들이 많아졌다. 그래, 사실 우리에게는 오히려 이게 자연스러운 일이었다. 우린 여태껏 각자 그런 방식으로 살아왔으니까.

결혼 초에 우리는 습관처럼 서로에게 질문했다.

"집에 우유 남았어?"

"여보, 집에 휴지가 없는데?"

"내 셔츠 다 빨았나?"

그러니까, 각자의 엄마에게 쉽게 그랬던 것처럼. 엄마는 신기하게도 내가 잃어버린 물건이 어디에 있는지 다 알고 있었고, 나에게 필요한 물건이 제때 그곳에 있을 수 있도록 척척 조달해줬다. 엄마와 함께 살았을 때는 세제가 떨어졌는지 생각할 필요도, 쓰레기통을 비우는 시기를 가늠할 이유도 없었다. 그래서 우리는 살림이 그토록 구체적이고 세분화된 일인지조차 모르고 살았다. 하지만 지금은 누군가가 우리의 몫까지 우리를 키워내지 않는다. 내가 가끔 장을 보다가 "집에 쌀이 남았나?" 하고 중얼거리면 남편은 "그건 네가 잘 알지 않아?"라고 물었다. 나는 "그걸 왜 내가 잘 안다고 생각해?"라고 되물었다. 그는 우리가 함께 살림을 하고 생활하고 있다

는 걸 이해하면서도, 또 그만큼의 몫을 충분히 하고 있으면서도, 무의식적으로 살림의 주체를 나라고 생각하는 습관을 한동안 버리지 못했다.

의무와 자유가 동시에 주어진 상태, 그게 독립이자 어른이고 집안 살림을 스스로 꾸려야 한다는 뜻이었다. 남편이 얼마나 집안일을 많이 도와주느냐가 아니라 두 사람이 얼마나 주도적으로 집안일을 해나가는지가 중요했다. 나뿐 아니라 남편도 자상한 남편이라서 집안일을 하는 게 아니라, 그저 스스로를 키워내기 위해 살림을 시작해야 했다. 배우자에게 엄마가 해주던 역할을 기대해서는 안 된다. 아내도 남편도 엄마가 아니다. 그리고 이제는 엄마도, 슈퍼우먼이 아니었으면 좋겠다.

〰

맞벌이를 하는데도 집안일을 하는 비율은 여전히 여성이 압도적으로 높다고 한다. 사실 요즘 젊은 신혼부부는 맞벌이가 대부분이지만, 집안일을 늘 마음 한구석의 짐으로 생각하고 있는 것은 대개 아내들의 몫이다. '남편에게 감자를 반만 깎아달라고 했더니' 비슷한 제목이 붙은 유머 사이트 게시물을 본 적이 있다. 한 소쿠리 가득 담긴 감자 더미의 껍질을 모조리 절반씩만 깎아놓은 사진이었다. 헛웃음이 났다. 그의 아내는 결국 투덜거리며 뒤처리를 했을 것이다. 생각해보면 남편이 감자를 반 깎아달라는 말도 못 알아듣는다는 것은 재미있는 일이 아니다. 그 남편은 집안일을 어디까지나 돕고 있을 뿐이라는 뜻이니까.

남편은 집안일을 도와주는 사람이고, 남편이 집안일을 잘 도와주게 하려면 작은 일이라도 일일이 칭찬해줘야 한다는 일종의 노하우가 공공연히 떠돌기도 했다. 종종 이벤트로 요리를 하는 남편은 그 일을 끝내기 위해 아내에게 질문할 수밖에 없다. "간장 어디 있지?" "여보, 어떤 게 소금이야?" 그렇게 하나하나 보조해주고 음식이 완성되면 아내는 남편의 안 하던 짓을 칭찬해줘야 한다. 칭찬하는 것도 노동이다. 누구나 내가 하는 행동을 남에게 일일이 칭찬 받는 게 편하지, 칭찬할 거리를 유심히 관찰하여 일일이 칭찬해주는 역할을 선택하고 싶은 사람이 있을까?

물론 남편에게 고마운 마음을 갖거나 그것을 표현하는 게 어려운 일은 아니지만, 남편 역시 나의 역할이 당연한 게 아니라 고마운 일이라는 인식을 가졌으면 했다. 또한 남편에게 일을 시키고, 칭찬하려면 내가 집안일에 대한 총책임자가 되어야 했는데 나는 그것이 자신 없었다. 집안일에도 일종의 PM(프로젝트 매니저)이 있다고 하는데, 급여를 더 주지도 않으면서 책임은 져야 하는 자리였다.

나는 남편에게 더 이상 묻거나 지시하지 않았다. 집안일을 배우는 것은 결혼 후 나의 우선순위에 있었던 적 없었고, 우리는 각자 알고 있는 방법대로 혹은 스스로 생각해낸 방법대로 집안일을 했다. 마음에 차지 않아도 '본인이 할 게 아니라면' 잔소리하지 않는 것이 불문율이었다. 다행히 남편은 내가 말하지 않아도 어느덧 이런 것들을 스스로 생각해서 했다. 실질적으로 각자 얼마나 많은 집안일을 해야 하는지와 별개로, 내가 집안일의 모든 영역에 대해 고민하고 마음 쓰지 않아도 된다는 사실이 편했다. 반대로 그에게 부담감이 쏠리지 않도록 의식하며 균형을 잡으려고 노력했다.

고양이를 키우기 시작했을 때 남편과 자주 다퉜다. 남편은 고양이를 어떻게 대해야 하는지 몰라서 종종 힘으로 고양이를 제압했고, 그러다 발톱에 긁혔고, 나에게 혼났다. 고양이를 돌보는 것을 그는 처음부터 배워야 했고 나는 이미 다 알고 있었기 때문에 자연스럽게 내 일이 됐다.

그에게 고양이 약 먹이는 것을 맡기면 편해지는 것이 아니라 온 가족이 다 스트레스를 받았다. 잘 못하는 남편도 힘들고, 어설픈 손길에 고양이도 힘들고, 지켜보는 나도 힘들었다. 웬만하면 내가 하려고 했지만 매일 아침, 저녁으로 약을 먹여야 하는 고양이를 키우다 보니 가끔은 어쩔 수 없어서 남편도 혼자서 고양이를 케어할 수 있는 능력을 길러야 했다. 시간을 들여 남편에게 조금씩 가르쳐주었고, 그에게 고양이의 방식으로 소통하는 방법을 배우고자 하는 의지가 있었고, 우리에겐 시간이 충분했기 때문에 지금은 두 사람 모두 혼자서도 고양이를 돌볼 수 있는 사람들이 됐다.

나는 이것이 아기를 낳아 키우고 부모가 되어 가는 과정과 비슷할지도 모른다는 생각을 어렴풋이 했다. 자주 하는 사람은 더 잘하게 되고, 잘하는 사람이 있으면 다른 사람은 스스로 방법을 찾기보다 상대의 방법을 배우게 된다. 중심축은 점차 기울고, 누군가는 시키고 누군가는 따르는 형태가 된다. 아기가 칭얼거리는 소리가 무슨 뜻인지 엄마가 더 잘 알아듣는 이유는 엄마가 더 많이 아이를 돌봤기 때문이다. 태어날 때부터 타고나는 초능력의 모성 때문이 아니다. '아내가 아기를 더 잘 보니까' '아기가 엄마를 더 좋아해서'라는 핑계는 그만큼 육아를 주도하지 않았다는 뜻일지도 모른다.

얼마 전 우연히 만난 새내기 엄마들 몇몇이 다들 비슷한 고충을 털어놨다.

"분명히 남편이 육체적으로 더 힘을 많이 쓰는 건 사실인데… 어떤 유치원을 보낼 건지, 어떤 교육을 해야 하는지, 식단은 어떻게 짜야 하는지, 그런 걸 생각하고 남편을 시키고 칭찬해주는 것은 제 몫이더라고요."

막상 남편에게 맡기는 것이 아내 입장에서도 불안할 수도 있다. 하지만 아빠로서도 시키는 것만 하는 것이 아니라 양육자로서 충분한 고민을 하고, 엄마도 아빠에게 자신이 겪었던 그 모든 첫 순간을 맡길 수 있어야 한다. 또한 역할을 분배하여 누군가 그 모든 과정을 주도해야 한다면 그것은 두 사람의 합의를 통해 이뤄져야 한다. 아내라서, 엄마라서, 여성이라서 당연히 해야 하는 것도, 당연히 잘할 수 있는 것도 아니다.

급진적인 변화를 원치 않는 사람들

나이가 들수록 친구들 여럿이 만날 약속을 잡는 게 쉽지 않다. 주말에는 각기 스케줄이 많아서 평일 저녁에 만나려다 당일 저녁에 파투가 나기도 일쑤다. 출근 시간은 매일 예상 가능하지만 퇴근 시간은 확답할 수 없는 탓이다. 그중엔 아직도 사장보다 무조건 늦게 퇴근해야 한다고 대놓고 말하는 회사도 있다고 한다. 혹은 대놓고 말하지는 않더라도 은근슬쩍 뼈 있는 말로 눈치를 주는 경우도 있다. 지극히 사적인 정보임에도 결혼을 하지 않았거나 사귀는 사람이 없으면 더 눈치를 준다. "아니, 기다리는 사람도 없는데 왜 일찍 가려고 해?" 아니, 그냥 근무 시간이 끝나서 퇴근하려는 것뿐인데요. 퇴근에 이유가 필요합니까.

업무 시간이 효율을 만들지 않는다는 걸 우리는 다 알고 있다. 꼭 젊은 신입사원 세대가 아니더라도 이러한 비효율적인 조직 문화에 불편함을 느껴온 사람들이 있을 것이다. 행복하게 살기 위해 돈을 버는데, 돈을 버느라 저녁 없는 삶을 살아가야 한다는 것이 누군들 좋을까. 사랑하는 사람, 가족, 친구들과 하루의 스트레스를 풀고 다음 날을 준비하는 평범한 저녁을 맞이하는 문화가 바로잡히면 모두 다 좋지 않을까? 하지만 그런 삶을 이미 포기해서인지, 내가 가질 수 없었으니 다음 세대도 갖지 못해야 한다고 생각해서인지, '그래도 사회생활이라는 게'라고 생각하며 변화를 늦추고 싶은 사람들이 있는 것 같다.

급진적인 변화가 사회 혼란을 야기할 수도 있다는 사실을 부정하지는 않겠지만, 꼭 필요한 변화라는 사회적 합의가 이뤄졌을 때에도 변화는 천천히 이루어져야 할까? 야근을 하는 것이 기본이고 당연하다는 일부 기성세대의 개념을 아직 한참은 그대로 따라야 할까? 기존의 잘못된 관습을 유지하는 것이 많은 사람들을 괴롭게 하고 있다면 필요한 것은 빠른 개선이다.

꼭 나이가 많다고 꼰대가 되는 것은 아니고, 젊은 사람이라고 적극적으로 변화를 수용하는 것도 아닌 것 같다. 최근에도 한 온라인 커뮤니티에는 '우리 팀 신입이 6시 땡 하자마자 퇴근을 한다'며 하소연하는 사연이 올라와 갑론을박이 일어나기도 했다. '나 때는 이렇게 했다'고 하더라도, 불편한 부분이 있었다면 당장이라도 바꿔서 다음 사람이 더 좋은 조건을 누리도록 하는 게 그리 어려운 일일까?

가부장제의 개선이나 집안에서의 평등에 대한 이야기가 나오면 그게 어쩔 수 없는 시대적 흐름이라는 것을 인정하면서도, 그래도 한국 사회는 아직이라며 눈살을 찌푸리는 사람들이 있다. 변화를 통해 얻는 것보다 잃는 게 많은 사람들, 지금까지 몸담아 온 문화가 바뀌고 자신의 태도를 바꿔야 한다는 것을 받아들이고 싶지 않은 사람들, 시댁에 온 며느리가 당연히 해야 했던 설거지를 가족이 공평하게 나눠 하고 싶지 않은 사람들일 것이다. 어른들이 공부하라고 그렇게 잔소리를 할 때는 귓등으로 흘리던 남자들도 결혼을 앞둔 여자친구가 명절에는 양쪽 집에 번갈아 가는 걸로 하자고 제안하면 난색을 표한다. "아직 어른들이 이런 변화는 받아들이지 못하니까"라며 그럴 때만 유독 어른 공경을 한다.

결혼 후에 하루는 뭐 먹을 게 있나, 냉장고를 열어보며 먹을 수 있는 반찬을 스캔하고 있었다. 한동안 일이 바빠서 제대로 집밥을 먹지 못했다. 남편은 야근을 하느라 회사에서 밥을 먹고 왔고, 가끔 일찍 퇴근하면 같이 외식을 했다. 다가오는 주말은 시부모님이 이사 온 후 처음으로 집에 놀러오시기로 한 참이었다. 집에 티 푸드는 좀 있던가, 슬슬 장을 한번 봐야 하지 않나? 나는 냉장고에 이어 부엌 찬장을 하나씩 열어보며 생각했다. 그때 남편이 불쑥 말했다.

"엄마 오면 오징어볶음 해달라고 할까?"

오징어볶음은 남편이 좋아하는 메뉴다. 엄마 밥이 먹고 싶은 것은 알겠지만 순간 대답이 나오지 않았다. 우리 집 부엌에서 시어머니가 요리를 하는 게 얼마나 신경 쓰이는 일인지 그는 모르는 걸까? 시어머니가 요리를 하는 동안 남편은 거실에서 노닥거리고 나만 그 옆에서 주방 보조가 되어 있는 모습이 그에게는 떠오르지 않고 내 눈에만 선한 걸까?

그는 결혼하고 저절로 며느리가 된다는 것에 대해서 그리고 며느리로 살아가며 시어머니를 만나는 것에 대해서 막연하게 짐작할 뿐 실감하지 못하는 것 같았다. 아무리 인간적으로 좋으신 분이라도 며느리에게는 어려웠고, 스쳐지나가는 말 한마디도 가볍게 흘려 들을 수 없었다. 어머니가 오랜만에 만나 "며느리 얼굴 까먹겠다"고 웃어도 눈치가 보였고, "우리

아들 얼굴이 왜 이렇게 까칠해졌지?" 하고 고개를 갸웃하면 괜히 내가 좌불안석이 되는 것이다.

그걸 짐작하지 못하는 것은 선천적인 공감 능력의 문제일까, 아니면 이렇게 눈치 볼 관계가 없었던 탓일까? 후자라면 참 부러운 일이지만, 본인이 겪지 않았다고 다른 이들의 고충을 예민함으로 치부하는 것은 얼마나 무신경한 행위인가. 나는 그가 내게 예민하다고 지적하면, 예민한 것보다 둔감한 것이 더 나쁘다고 반박했다.

사실 결혼하고 나서 나를 더 힘들게 하는 것은 바깥에서 오는 압력이 아니라 내 안에서 튀어나오는 의무감이었다. 내 안에 있는 것들이 나를 그렇게 괴롭게 할 줄 몰랐다. 나는 자라오면서 원치 않는 의무에 대해 얼마나 많이 학습했는지 깨닫게 되었다. 누가 나에게 뭘 시키지 않아도, 누가 나를 욕하지 않아도 나는 며느리였다. 시댁에 가면 뭐라도 해야 할 것처럼 초조했고, 생신이나 집들이 때 잘하지도 못하는 요리를 해야 할 것 같아 부담스러웠다. 남편은 "우리 엄마는 그런 거 신경 안 쓴다"고 했지만, 드라마에나 나올 법한 독한 시댁이 아니라서 내 속에서 혼자 들끓는 갈등을 남편이 이해할 수 없는 건 당연한 일인지도 몰랐다.

핵심은 시어머니에게 거절을 하는 것이 어렵다는 점이었다. "안부 전화를 주기적으로 드리는 것은 어려울 것 같아요"

라는 말을 꺼내는 건 힘들었지만, 그것보다 며느리인 나에게만 안부 전화라는 숙제가 지워지는 것이 더 힘들었다. 누가 나를 비난해서가 아니라 스스로 '며느리가 이런 말을 해도 되나'라는 갈등을 이겨내는 게 어려웠다. 하지만 나는 차근차근 내가 생각하는 결혼생활에 대해 시부모님께 펼쳐놓았다. 혹은 남편과 합의한 뒤 각자 부모님에게 설명하기로 했다.

"아침밥은 각자 챙겨 먹기로 했어요."

"살림은 같이 해야죠. 이건 남편이 할 거예요."

"제사는 시간이 되면 각자 갈 수도 있지만, 서로의 제사에는 참여하지 않으려고 해요."

"저희는 아기를 꼭 낳고 싶다는 생각은 없어요."

나는 아직도 왜 며느리가 결혼 후 시부모님 생신상을 차리거나 시댁 식구들을 초대해 집들이 음식을 한 상씩 차려내야 하는지 모르겠다. 남편은 처가댁 제사에 참여하지 않는데, 며느리에게는 시댁 제사나 가족 행사 날짜를 일일이 가르쳐주는 이유도. 우리는 각자의 집안 행사를, 또 각자의 부모님을 우선으로 챙기기로 했다. 혹은 서로의 부모님을 우선적으로 챙기는 것도 좋을 것이다. 하지만 우리 부부는 피차 붙임성도 없고, 서로의 낯선 부모님에게 사근거리며 대하는 것이 힘든 일이라는 걸 금방 깨달아 그냥 각자 알아서 하는 쪽으로 합의했다.

까칠한 며느리, 센 며느리라는 소리를 들었지만 할 수 없는 것을 억지로 하려고 노력하지 않기로 했다. 지금 시대에서 내가 이기적인 것처럼 보일지 몰라도, 개개인의 변화는 단지 '까칠한 며느리'라는 수식어를 받아들이는 일일 뿐이더라도, 당장 사회적 합의가 이뤄지지 않아도 나는 '며느리 도리'를 따르지 않고 내가 옳다고 믿는 삶을 살아갈 것이다.

며느리 도리를 거부하고 가정 내 여성의 역할 문제에 대해 수면 위로 드러내는 것을 두고 괜한 갈등 조장이라고 혀를 차기도 한다. 맞다, 갈등해야 한다. 문제가 있는데 누구도 문제 제기를 하지 않는 것은 누군가가 앞으로도 희생해야 한다는 뜻이다. 아무도 갈등하지 않고 지금까지처럼 조용히 살기를 바라는 것은 누구의 입장이겠는가. 여성들이 지금까지처럼 살아주는 편이 좋은 기득권의 발상이 아닌가. 여성에게는 하고 싶지 않은 것을 하지 않는 용기가 필요하다. 그리고 더욱 중요한 것은 남편이 그 용기를 응원해줘야 한다는 점이다.

우리 아들은 설거지 같은 거 안 시키고 키웠다는 시아버

지에게 우리 부부가 나눠 갖는 역할에 대해서 설명했다. 나도 집에서 귀하게 큰 자식이고, 우리는 같이 살림을 해나가는 것이 합당하다고. 시부모님에게 말대꾸를 하는 것이 나의 양심을 쿡쿡 찔렀지만, 신기하게도 그런 말을 입 밖으로 꺼내고 나서는 나의 출처 모를 죄책감이 조금씩 덜어지는 것 같았다.

시부모님이 무심코 던지는 끼니에 대한 질문, 살림에 대한 이야기를 할 때 그동안은 내가 그 모든 것의 책임자처럼 느껴졌다면, 이젠 그것이 나의 역량 문제가 아니라 나와 남편의 공동 책임이 되었다. 단지 기분 탓일지도 모르지만, 그게 나의 결혼생활에 큰 도움을 주었다. 남편의 식사가 내 책임이 아니라는 걸 우리도 알고 시부모님도 알기 때문에, 서로 말 조심을 하지 않아도 있는 그대로의 의미로 보다 '가족답게' 받아들일 수 있게 된 것이다.

물론 며느리가 아들을 잘 챙기지 않고 심지어 말대꾸하는 것을 도저히 받아들일 수 없는 시댁도 있으니, 나는 운이 좋은 경우였는지도 모른다. 하지만 불편함을 감수하더라도, 그리고 갈등하더라도 어떤 변화는 일어나야 한다. 비록 많지 않더라도, 몇몇 가정에서나마 다른 문화를 구축해 나가는 것이 그 변화의 작은 한 걸음이라면, 나는 기꺼이 나쁜 옆집 며느리가 되겠다.

내 남편은 안 그럴 거야

친구가 얼마 전에 지하철을 타고 가는데, 옆에 서 있던 세 남자의 대화가 들려왔다고 한다. 그들은 직장 동료로 보였는데, 그중 한 명은 아이를 낳아 키우고 있고 나머지 두 사람도 아기 계획이 있는 듯 육아에 대한 이야기를 나누고 있었단다. 아이를 키우는 것에 대한 유부남들의 팁 공유였을까? 아니, 그 내용이 가관이었다.

"육아는 그럼 나눠서 해요?"

"아니, 분담을 하긴 했는데 그걸 어떻게 지켜? 놀아주는 것만 해도 얼마나 피곤한데. 그러니까 무조건 집에 늦게 들어가야지."

그들이 육아에 대해 상의하다 내린 결론은 결국 '늦은 귀가'였다. 그들은 아마 회사에서의 야근과 경제적인 책임을 이유로 집에서는 휴식을 원할 것이다. 그러나 아이를 돌보는 데에는 퇴근이 없다. 아이를 돌보는 게 힘들다는 건 알면서도, 그 힘든 일을 아내와 나누려고 노력하지는 않는 것이다. 그들에게는 나름대로 합당한 이유가 있다. 일을 하니까, 돈을 버니까, 육아는 아내가 책임지는 것이 맞다라는 이유.

아마 아이를 보는 게 힘들어 야근을 자처하는 아빠들은 마음 한편으로는 원하고 있을 것이다. 아이가 아빠를 따르고, 친근하게 대해주고, 사랑해주기를. 자식이란 당연히 그런 존재여야 하니까. 나는 아이를 위해서 힘들게 일을 하고, 돈을 벌어 오고 있으니까. 하지만 아빠와 시간을 보내며 유대관계를 쌓지 못하는 아이는 아빠를 어색해하고, 같이 노는 법을 모르는 아빠는 아이와 놀아줄 수 있는 시간이 점점 짧아지고, 악순환은 반복될 것이다. 흔히 그들이 말하듯 아빠들이 ATM으로 전락하게 되는 이유는 스스로 집안에서의 다른 역할을 찾지 않기 때문이다.

그 명백한 문제적 대화를 복기하면서 나와 친구가 가장 두려웠던 것은 사실 따로 있었다. 아직 아기가 없는 지금, 언제가 아기를 낳는다면 '내 남편은 절대 저런 대화에 동참하지 않을 거야'라는 확신을 갖기 어려웠던 것이다.

나는 결혼하기 전부터 남편에게 아기를 낳고 싶은 마음이 없다고 이야기했고, 서로의 합의하에 양가 부모님에게도 말씀드린 뒤 결혼을 했다. 엄마는 아직도 기회만 있으면 내게 아기를 낳았으면·좋겠다고 설득하지만, 단순히 아이가 주는 행복이나 부부 사이의 끈끈함 같은 정서적인 장점만으로 해결할 수 없는 문제들이 있다. 나라에서 아무리 보조금의 액수를 높여도 많은 신혼부부들이 선뜻 임신과 출산을 결심할 수 없는 이유와도 상통할 것이다. 물론 경제적인 어려움도 걱정되는 것이 사실이지만, 이 사회가 아이를 키우기에 적합한 구조인지 아직은 잘 모르겠다.

딱 잘라 말해서 나는 아이의 주 양육자가 되는 것이 두렵다. 나의 신체를 통해 아이가 태어난다는 이유로 어쩔 수 없이 나는 30년 넘게 이어오던 평범한 일상생활을 일부 포기해야 한다. 남편은 일상생활과 출산에 대한 자신의 역할을 일부 선택하고 조절할 수 있지만 나는 그럴 수 없다. 내가 원하든 원치 않든 임신으로 인한 신체 변화를 겪어야 하고, 하던 일을 멈추고 출산을 해야 한다. 여성이 양육을 주도하게 되는 가장 큰 이유는 역시 이 과정 때문이 아닐까. 여성은 임신과 동시에 아기에 대해 선택할 수 있는 게 없어진다. 그 모든 변화를 받아들이는 것밖에 할 일이 없다. 아이가 자라 맞벌이를 해도 어린이집에 간 아이가 아프면 엄마에게 전화가 온다. 힘들겠지만 어쩔 수 없는 야근은 주로 아빠가 해야 하고, 회사에 아쉬운 소리를 하며 "이래서 여자들은 책임감이 없어" 라는 말을 듣는 건 대부분 엄마다. 잘못한 사람은 없고 다들 최선을 다하고 있더라도 어쩐지 모두 힘들어진다.

이런 상황에서 내가 지금까지 살아온 삶의 대부분을 포기하고 좋은 엄마가 될 수 있을까? 세상이 말하는 모성은 거의 일종의 신화에 가깝다. 고양이와 살아가면서도 가끔은 아무 죄 없는 동물들에게 화가 치밀어오를 때가 있는데, 고양이보다 훨씬 느리게 자라는 아기들은 오죽할까. 그 가운데서 엄마들은 홀로 수많은 죄책감을 떠안는다. '엄마가 돼서, 나는 모성이 없는 걸까?' 다른 사람들까지 나서서 오지랖을 부리지 않아도 스스로를 끊임없이 평가하게 된다.

우리 사회에서 출산 이후에 오는 변화에 대해 깊게 고민하는 것은 여전히 여성의 몫이 크다. 남성은 적어도 임신과 경력 단절을 연결지어 생각하지 않는다. 물론 아빠가 된 남성의 삶도 당연히 달라지지만, 도리어 그것은 '내가 돈 많이 벌어 올게' 하는 경제적 영역에 대한 책임감으로 발현될 때가 많다. 그리고 묘하게도 경제력 파트를 책임지고 있는 사람은 '이만하면 내 역할은 다했어'라고 쉽게 선을 긋는다. 돈을 버는 것은 고된 일이지만 내 삶의 중심이 송두리째 옮겨가는 것은 그 못지않게 두려운 일이다. 그 사실을 머리로 이해하는 것은 어렵지 않지만, 안 그래도 회사 때문에 피곤한데 아이를 어떻게 돌보는지까지 스스로 공부하고 판단하고 행동하는 것은 어렵다. "나 설거지 하는 동안 잠깐 아이 좀 봐 줘." 아내가 시키는 만큼이라도 잘 하면 고마운 아빠가 되는 것이 대부분의 현실이다.

만약 우리가 아기를 낳는다면 그리고 내가 사회생활을 하는 남편에게 좋은 아빠로서 살아가는 것까지 바라게 된다면 한 사람에게 너무 많은 역할을 요구하는 것은 아닐까? 그런데 우리 사회에서의 육아는 한 사람이 너무 많은 역할을 떠맡아야만 하는 시스템이다. 옛날에는 한 마을이 아이를 키웠다고 했다. 하지만 현실적으로 지금 부부가 맞벌이를 하려면 기관이나 부모님의 도움을 받아야 하고, 도움을 구하지 않으려면 두 사람이 최대한 좋은 타협점을 찾아내야 한다. 사회생활과 육아를 병행하는 것이 힘든 건 사실이지만, 집에서 살림과 육아를 도맡는 것도 충분히 무리하게 많은 역할이다. '가정주부는 집에서 편하게 노는 것'이라는 사회적인 인식이 가정의 균형 잡기를 더욱 어렵게 만든다.

남편이 "애 보러 가야 해서 회식은 빠지겠다"고 말했을 때 주변 사람들은 그가 회사에서 제 업무를 해내는 것처럼 가정에서의 당연한 몫을 하고 있는 것이라고 여겨줄까? 아내의 강요 때문에 어쩔 수 없다는 듯, 이래서 유부남은 힘들다고 머쓱하게 변명을 해야 하는 상황이 생기지는 않을까? 그는 유난스럽게 공동 육아를 요구하는 아내 때문에 자신의 입장이 난처해진다고, 자신이 무척 희생하고 있다고 여기지는 않을까? 남편이 피곤하다는 이유로 육아를 소홀히 한다면, 천사처럼 잠든 아기의 모습만 보고 현실은 함께 겪어내지 않는다면, 육아를 당연한 자신의 몫이라 여기지 않는다면 나는 어떤 생각을 하게 될까.

"애 태어나면 무조건 늦게 퇴근하라"는 회사 동료의 따뜻한 조언에 대고 아빠로서의 올바른 가치관을 설파하기 위해서는 사람들과의 친교를 포기해야 하는 세상. 그게 사회생활일지도 모른다. 다만 나는 그런 세상에서 육아를 하고 싶지는 않다.

~~~

육아 휴직을 내겠다는 남성에게 "그럴 거면 퇴사를 하라"고 권하는 회사가 지금의 현실이다. 여성은 임신과 함께 자연스레 경력 단절과 복귀에 대해 고민하지만, 낯설고 불편한 상황을 만들기 싫어서 아예 육아 휴직에 대한 말을 꺼내지도 않
~~~

는 남편들이 더 많을 것이다. 아내와 남편, 두 사람이 서로를 얼마나 이해하고 노력하느냐 하는 개인적인 영역만으로 우리가 처한 문제를 개선할 수는 없다.

두 사람이 아기를 원하고 개인적인 여건이 갖춰졌을 때 아기를 낳아 키우는 세상에 도달하기 위해서는, 우리가 납득할 수 있는 방식으로 육아를 하고 살아가기 위해서는 아직 투쟁이 필요한 것 같다. 그러나 지금 이대로 유지한다면 굳이 하지 않아도 되는 고민을 얼마나 많은 남성들이 함께할 것인가. 우리가 살면서 봐오고 겪어온 당연한 것들을 얼마나 적극적으로 거부하고 개선할 것인가.

우리 부부는 지금은 아기를 원하지 않지만, 그가 만약 아기를 원했다면 나는 먼저 물었을 것이다. 그가 나만큼 변화의 필요성을 절실하게 느끼고, 나를 위해서가 아니라 스스로를 위해서 그 어렵고 피곤한 싸움을 굳이 해나갈 준비가 되어 있는지 말이다.

가장과 전업주부는 정해져 있을까

한 방송사에서 이전에 출간한 책《제가 알아서 할게요》를 보고 인터뷰를 요청해왔다. 책에 담긴 내용처럼 최근 들어 변화하고 있는 평등한 가정의 모습, 달라진 며느리의 모습 같은 것을 담고 싶다고 했다. 남편이 퇴근하기 전에 먼저 나와 인터뷰를 하러 방문한 PD님은 부부간의 가사 분배에 대해서 이야기하다가, 맞벌이라곤 해도 프리랜서인 내가 주장하는 평등에 대해 의구심을 지울 수 없는 듯한 어투로 계속해서 물었다.

"그러니까 결국, 가정주부시잖아요?"

"네? 아뇨…집에서 일을 한다고요."

"글 쓰신다고 했죠? 글 쓰는 데 얼마나 걸리시는데요?"

"…."

그리고는 남편이 돌아오기 전에 내가 혼자서 설거지하는 모습을 요청하여 찍어갔다. 보통은 이럴 때 남편이랑 같이 집안일하는 모습을 보여주려고 하지 않나. 그때쯤엔 나도 뭐가 뭔지 모르겠다는 생각이었다. 그는 내가 "시댁 제사나 행사 날짜를 다 기억하려고 하지는 않는다, 필요하면 남편이 알려주면 된다"라고 말하자 아무리 그래도 이해할 수 없다는 듯 고개를 절레절레 저었다. 방송에서 달라지는 가정의 모습을 다루고자 한다는 것은 긍정적인 변화가 아닐 수 없었지만, 그들이 얼마나 깊은 관심과 이해를 가지고 그려내고 있는지는 솔직히 알 수 없었다. 결국 다른 이유 때문에 우리 집 촬영 분은 나가지 않게 되었지만, '결국 가정주부시잖아요'라는 문장은 오랫동안 머릿속을 맴돌았다. 그는 내가 집에서 편안히 글이나 쓰면서 힘들게 일하고 돌아온 남편과 집안일을 나눠 하는 건 온당치 않다는 말을 하고 싶었을까. 남편이 가장으로서 사회에 나가 일하고 있기 때문에, 아내가 집안일과 시댁의 집안 행사를 전적으로 담당하는 것이 마땅하다고 생각하고 있었을까.

사회생활과 집안일의 분담은 결혼생활에 대해 논할 때 자주 화두에 오른다. 이는 한 가정이 살아가기 위해 공존해야 하는 영역임이 분명하다. 그런데 경제적인 부분을 담당하는 것은 그 결과가 확실한 데 비해 가정 일을 담당하는 것은 성과가 또렷하게 드러나지 않는다는 특수성이 있다. 두 사람이 함께 동의하여 설립한 집단이 가정인데도, 가정을 유지하는 일은 사회생활에 비해 자주 폄하된다.

집안일은 그 능력치에 대한 칭찬조차 기묘하다. 개인의 성과가 확실하게 드러나는 업무적인 일에 비해 배우자를 위한 내조처럼 여겨지는 한계가 있기 때문이다. 운전에 서툰 여자에게 "집에 가서 밥이나 해!"라는 말을 비난으로 사용하는 판이니, '집에서 밥이나 하는' 일이 나의 능력치로 느껴지기 어려울 수밖에 없다.

그래서 집안일의 책임자가 되는 것은 주부의 역할에 가까워진다는 뜻이고, 그 지분이 높아지고 수행 능력이 훌륭하다는 것이 사회적으로 명예로운 일처럼 여겨지기 어렵다. 대개 남성들은 그 일을 도와주는 역할만으로 충분히 감사받을 자격이 주어지며, 얼마나 많은 일을 돕느냐를 떠나 그 일을 책임지는 주체는 여성으로 남겨두고 싶어 한다. 두 사람이 모두 경제 활동을 하고 있더라도 말이다.

필요하다면 가정을 유지하기 위해 효율적인 역할 분담을 할 수도 있을 것이다. 그런데 누군가 '가장'이 된다는 것은 다른 한 명에게 전업주부라는 '혜택'을 주는 일일까? 가장은 무조건 힘들고, 전업주부는 무조건 편할까? '벌이'와 '가사'는 우리 삶을 위해 공존해야 하는 영역이지만, 이를 분담했을 때 그 역할에 대한 인정과 권위는 '벌이'를 맡는 남성 쪽에 치우치게 되는 경우가 많다. 돈을 버는 사람은 집안일을 하지 않는 것에 대한 죄책감을 덜 느끼는 데 비해, 집안일과 출산과 육아를 하는 쪽은 왜 상대보다 자신의 몫을 다하지 못하는 듯한 꺼림칙함을 느끼게 될까?

생각해보면 돈 버는 쪽에게 권위를 실어주는 것은 오래전부터 자연스러운 일이었다. 부모님 세대만 해도 주로 아빠는 돈을 벌고 엄마는 전업주부인 경우가 많았다. 아빠는 퇴근하고 집에 오면 늘 대접 받는 사람이었고, 아침부터 자식들을 돌보던 엄마는 쉴 틈 없이 저녁밥을 지었다. 아빠는 가장이라서 언제나 존중받아야 했고, 엄마는 가족을 부양하는 아빠를 존경하도록 자식들을 가르쳤다. 그런데 가족을 부양하고 가정이 유지될 수 있도록 힘쓴 것이 과연 아빠뿐이었을까?

남성이 경제력을 담당하는 것은 우리 사회에서 자연스럽고 당연한 일이고, 그들은 그 역할을 맡음으로써 집안에서의 우위, 양가 부모님으로부터의 인정, 육아에서 빠지고 회식에 참여하고 퇴근 후에는 휴식을 취할 수 있는 권리를 자연스럽게 획득한다. 그들이 회사를 다니고 일을 하는 것은 결혼 전에도 하던 일이고, 결혼하지 않았어도 자신을 위해 했을 일이지만 그로 인해 집안에서의 주도권이 '가장'이라는 이름하에 주어진다. 물론 가족이 생기면서 일을 그만두거나 이직하는 것에 대한 자유가 줄어들고 책임감을 느끼는 것은 분명하지만, 가부장제에서는 그에 대한 존중과 보상도 어느 정도 있다.

물론 결혼 후 아기를 낳고 육아를 시작했을 때, 여성이 가사를 맡고 주 양육자가 된다고 한들 일하는 남성들이 마냥 편하지는 않을 것이다. 두 사람이 이루고 있던 일과 가정의 균형에서 여성이 가정 쪽으로 기울면 남성이 일적으로 무거워지는 것은 당연하다. 아이를 키우기 시작하면 돈을 벌고 있는 남성은 일을 그만두기 어렵다. 보다 강도 높은 노동과 야근을 강요받고, 혹시나 육아휴직을 쓰려고 해도 여성보다 더 많은 용기가 필요하다. 사회에서 남성은 경제적으로 가정을 책임지는 역할이며, 가사 노동을 분담하는 것은 불필요한 행위로 본다. 어찌 보면 남성 역시 아기의 성장 과정을 지켜보고 함께할 권리를 박탈당하고 있는 셈이다.

그런데 문제는 역할이 바뀌어 여성이 경제력을 책임진다 한들 그에 따라오는 가부장제의 혜택까지 누리기는 어렵다는 점이다. 여전히 여성은 양가 부모님의 집안 행사를 챙기거나 아이가 아플 때 달려가는 일을 의무의 바깥으로 밀어내기 어렵다. 심지어 마음으로는 남편과 같이 하는 게 맞다고 생각해도 몸은 먼저 움직인다. 남들이 강요하지 않아도 아내로서, 며느리로서, 엄마로서의 의무를 스스로도 떨쳐 내기 어렵다. 맞벌이 가구의 남성 가사 노동 시간이 이전에 비해서는 늘어나고 있지만, 여전히 여성에게 4배가량 치우쳐져 있다고 한다. 세상은 똑같이 일을 해도 여자는 집안일을 더 해야 하고, 며느리 노릇을 해야 하고, 주 양육자가 되어야 한다고 믿는다.

결혼 후 남녀의 불공정한 지위를 논하면 흔히 해결책처럼 날아오는 말이 있다. "여자가 집 해오면(돈 많으면) 제사 때 못 가도 누가 뭐라 하는 사람 없다" 혹은 "며느리노릇 안 하려면 시부모 유산에 관심 갖지 마라"는 말이다. 일단 왜 남자 쪽은 당연히 집도 해왔을 것이고, 유산도 많을 거라고 가정하는지 모를 일이다. 무엇보다 결혼은 금전과 의무를 교환하는 거래가 아니다.

아마 나처럼 보통의 서민이라면 결혼할 때 남자가 집을 해오는 경우는 거의 없고, 함께 대출을 갚아나가게 될 것이다. 그런데 집이 잘 살거나 돈이 많아서 남자를 경제력으로

누를 수 있으면 며느리 노릇을 하지 않고도 당당한 결혼생활이 가능하다는 말을 아무렇지 않게들 한다. 결혼할 때 집도 해오고 연봉도 남자보다 훨씬 높으면 고부갈등은 생기지 않는다는 논리다. 남자는 노력하지 않고도 결혼과 함께 손에 쥐는 권위와 권리를 여성은 경제력으로 증명해서 획득해야만 한다고 생각하는 것이다. 결국 남성은 원래 경제력이 있다는 전제가 깔려 있기 때문에 결혼생활에서 더 해야 할 일이 없지만, 여자들은 이제 경제력을 획득하고 있기 때문에 원래의 '안주인'으로서의 역할을 그만두는 것에 대한 갈등을 추가적으로 해야만 한다는 이야기다.

게다가 최근엔 많은 여성들이 실제로 남편보다 경제력을 지니고 있음에도 '며느리 도리'에서 자유로울 수 없다는 점을 하소연한다. 핵심은 경제력의 유무가 아닌 것이다. 많은 남성들이 경제력과 관계없이 집안일과 부모님 댁 행사를 총괄하는 며느리의 자리에는 들어가려 하지 않으므로. 물론 애초에 경제력의 유무와 정도가 가정 내에서 부부 사이의 우열을 만들어서는 안 된다고 생각한다. 돈이 권력이 되고, 권력으로 다른 사람을 부리는 사회 구조가 가정에까지 적용되는 것이 옳은 일일까?

지인은 얼마 전 직장에 임신 소식을 알렸다가 은근슬쩍 퇴직 권유를 받았다고 했다. 눈치를 보며 버티다 못 이겨 실업급여라도 받으려고 했더니 회사에서는 어디까지나 권유를 한 것뿐이기 때문에 겉으로는 자진 퇴사의 형태로 진행될 수밖에 없다고 했다. 내가 예전에 다녔던 직장 대표는 대놓고 "여성을 뽑을 때는 미혼을, 남성을 뽑을 때는 유부남을 우선순위로 생각한다"고 말했다. 여성은 결혼해 아이를 낳으면 직장생활을 이어갈 수 없으며 계속 다닌다 하더라도 회사에 집중하기 어렵고, 남성은 아이가 있으면 오히려 책임감 있게 일할 거라고 기대하기 때문이란다.

실제로 일해 보면 일 잘하는 여성도 많고 집안일을 잘하는 남성도 많은데 왜 남자는 가장이고 여자는 전업주부일까? 둘 중 한 명이 일을 그만둬야 할 때 주로 여자가 되는 이유는 대개 남자가 사회생활에 더 좋은 조건을 부여받고 있기 때문인 경우가 많다. 오래 전부터 사회는 여성에 대해서 '좋은 남자 만나 시집가면 그만'이라고 생각하는 반면 남성은 조금 더 좋은 능력을 획득할 수 있는 방향으로 힘을 실어주었다. 남자는 생계를 책임지는 사람이고, 여자는 생계를 책임져주는 남편이 있으니까 반찬값이나 벌러 나온 사람이라고 생각했기 때문이다.

실제로 아무리 능력 좋은 여성도 결혼과 출산 후에는 '아내'이자 '엄마'라는 한계점이 그어진다. 여성은 가사를 병행해야 한다는 인식이 있기 때문에 남성에 비해 일에 집중도가 떨어질 것처럼 여겨지는 것이다. 아이에게 문제가 생겼을 때, 어린이집으로 달려가는 것은 대부분 엄마다. 그 때문에 점점 회사의 중요한 일을 맡지 못하게 되는 악순환을 겪는다. 이렇게 뒤처진 직장 문화 역시 가장과 전업주부의 성별을 구분하고 남녀 불균형을 지속적으로 부추기는 요인 중 하나라고 볼 수 있을 것이다.

페미니즘이 대두되며 많은 남성들이 홀로 가정의 경제력을 짊어져야 하는 어려움을 호소하고 있다. 그런데 남성들이 억울해하는 부분들은 결국 성별의 한계를 없애고 평등한 관계를 만들며 동등한 지위를 획득하자는 페미니즘을 통해 개선될 수 있다. 꼭 페미니즘까지 언급하지 않더라도 현대 사회를 살아가는 신혼부부에게 필요한 것은 일과 가정의 균형을 잡을 수 있는 올바른 문화 형성일 것이다. 남성도 육아휴직을 낼 수 있고, 결혼한 여성도 얼마든지 승진할 수 있는. 성별에 치우치지 않은 사회, 한쪽에게 과도한 역할 부여를 하지 않는 사회는 결국 남녀 모두에게 필요한 미래다.

그럼 나이든 시어머니 혼자 일하라고?

사회에서는 여럿이서 모이면 꼭 밥을 먹는다. 집들이, 송년회, 생일, 기념일 등의 각종 모임에서 음식은 빠질 수 없는 요소다. 같이 먹고 사는 구성원을 식구라 칭하기도 한다. 같이 차를 마시고 헤어지는 게 단순한 안부 인사 정도의 과정이라면 함께 밥을 먹는 것은 우리가 조금 더 긴 시간을, 조금 더 친근하게 보내고 싶다는 의미일 것이다.

그런데 집에서 해먹는 밥에는 누군가의 노동력이 들어간다. 이웃이나 친구를 초대했다면 음식을 마련하는 건 기꺼이 내 몫일 것이고, 사랑하는 가족을 위해 끼니를 챙기는 것도 즐거움이 될 수 있다. 그런데 만약 내가 참석 의지를 밝히지도 않은 파티에서 당연한 듯이 내가 음식 준비를 해야 하는 상황이 닥친다면 어떨까? 내 의지는 아무도 묻지 않고 내게 모임의 음식을 맡기는 당황스러운 일이 매번 명절마다, 결혼한 여성들에게 일어난다.

생각해보면 의아하다. 내가 선택한 것은 남편뿐인데 남편의 부모, 형제, 조카 그리고 조상들을 위해서 내가 부엌에 서야 한다는 것이. 어릴 땐 명절이라는 전통이 어떻게 이어지는지도 그다지 관심이 없었는데, 내가 결혼을 통해 말 그대로 '새아가'가 되었다는 사실이 실감났다. 내가 쌓아올린 모든 역할과 직위를 버리고 아기처럼 맨몸으로 이 자리에 서게 된 것이다.

나는 결혼한 여성들이 남편의 집안과 그들의 조상을 위해 일하는 그 환경을 좀처럼 받아들일 수 없었다. 며느리라는 포지션을 맡아 남편의 집안일을 전담하는 새로운 노동력이 되는 것은 지금까지 사회적으로 성장해온 나 자신과는 전혀 반대되는 방향의 일이었다. 내가 왜 이 자리에 있어야 하는지, 물음표를 끊임없이 던질 수밖에 없는 일인 것이다.

그렇다고 처음 보는 시댁 어른들을 설득해서 남녀가 평등하게 일하는 새로운 명절 풍경을 만드는 것은 더더욱 말도 안 되는 일이었다. 일이 커지고 복잡해지는 것을 원하는 사람은 내 남편을 포함해서 아무도 없었다. 나는 결국 남자들은 술을 마시고 여자들은 안주를 만들어내는 집안에서 아무것도 하지 않음으로써 행동하는 것을 택했다.

그러나 새로 집안에 들어온 며느리로써 차별적인 역할 부여를 거부한다 한들 마음이 편한 것은 아니었다. 시어머니를 돕지 않는 것에 대한 부채감은 고스란히 나에게 남았다. 정작 남편은 끼니 때 차려지는 식탁이 누구의 손을 거치는지 그다지 중요하게 생각하지 않는 듯했다. 남편만 그런 것이 아니라 그 자리에 있는 모든 남자들이 그랬다.

시댁에 가면 남편은 소파에 드러눕고 아내는 자연스럽게 부엌으로 들어가는 풍경을 우리는 쉽게 상상할 수 있다. 어른이 부엌에서 일하는 것을 도와드리는 건 당연한 일이지만 아마 이 시점에서 요리가 서툰 초보 며느리의 마음은 슬슬 불편해지기 시작할 것이다. 지금 자신이 낯선 역할을 맡고 홀로 고군분투하고 있는 상황이라는 것을 막연히 감지하기 때문이다. 남편이 보기에는 시어머니와 며느리가 사이좋게 요리하는 모습이 가족처럼 편안하고 화목해 보일지 모르겠지만, 아직 진짜 가족이 되지 않은 새내기 며느리는 시댁에서 잘 못하는 것을 잘하려고 애쓰고 무리하는 중일 뿐이다.

우리 세대의 젊은 며느리들 대부분이 요리에 능숙하지

않다. 예전에는 신부 수업이라는 말이 있을 정도로 여자들에게 살림 능력은 당연히 갖추어야 할 덕목처럼 여겨졌지만, 오늘날의 많은 여성들이 남성들과 마찬가지의 교육 과정을 거쳐 공부하고 일하느라 살림을 우선순위로 두지 않고 자랐을 것이다. 요리는 남녀 모두에게 필요한 살림 능력이지, 여성들만이 기본적으로 잘해야 하는 일이거나 잘하고 싶은 일은 아니다.

물론 요리를 스스로 즐기는 사람이라면 가족의 식사 시간은 한결 즐거워질 것이다. 그러나 며느리라는 이유로 무리한 역할을 떠맡으려고 몸에 힘이 잔뜩 들어갈 필요는 없다. 아마도 우리에게는 요리 실력 말고도 나 자신으로 살아가기 위해 수행해야 하는 중요한 역할이 많을 테니 말이다. 처음부터 당연한 역할 분담은 없다. 부족한 것은 남편과 함께 채워가고 같이 성장해나가기 위해서 우리는 결혼을 한 것 아닐까.

그런데 '시댁에 가면 며느리가 음식을 하는 것이 당연할까'라는 의문에 대해 이야기를 나누다 보면 이 문제에 대해 남자들도, 여자들도 공통된 질문을 했다.

"네가 일 안 하고 있으면 혼자 일하는 늙은 시어머니가 불쌍하지도 않아?"

나는 제법 여러 차례 들어온 이 질문에 대해 가능한 한 단호하게 대답한다.

"더 어린 제가 시어머니를 돕는 것은 당연한 일이죠. 하지만 시어머니 혼자 고생하시는 것을 더 안타까워해야 하는 건 제가 아니라 남편, 즉 아들일 거예요. 저도 할 수 있지만, 시댁 일을 돕는 주체는 제가 아니라 남편이어야 한다고 생각해요."

주변에서 시댁 명절이나 제사 등의 일로 동서지간에 갈등이 생기는 경우도 자주 본다. 남편들의 집안 행사에 아내들이 역할을 분담하며 '내가 마땅히 해야 할 일'의 정도를 가늠하다가 어느 순간 마음이 불편해지는 것이다. 이런 경우 갈등의 주체는 보통 시어머니를 포함한 여성들이 된다. 그런데 왜 아무도 그 부엌에서의 남자들 역할에 대해 논하지 않는 것일까? 왜 동서가 밉고, 시어머니가 미워야 할까?

남편은 어쩌면 '며느리를 엄마 앞에 데려온 것'으로 자신의 역할이 끝났다고 생각하고 있을지도 모른다. 이제부터는 엄마와 아내의 문제, 고부간에 알아서 하는 시간이라고 말이다. 하지만 일하는 시어머니를 안타까워해야 하는 것이 왜 며느리뿐일까? 정작 아들과 형제들이 돕지 않는 시어머니를 며느리가 돕는 게 당연하다고 생각하는 것이 더 이상한 일이다.

물론 평범한 교육 과정을 거쳐 자라온 사람이라면 어른 앞에서 예의 바르게 행동하고, 먼저 나서서 일을 돕는 것이 도리어 마음이 편하다. 나 하나만 참고 하루쯤 노력하면 적어도 겉으로는 화목해 보일지 모른다. 하지만 내가 불합리한 상황을 견디면서 점점 스스로 괴로워지고, 시댁을 멀리하게 된다면 그게 궁극적으로 가족이 되는 길이라고 할 수 있을까? 차라리 며느리 도리를 멀리 하고, 시어머니 마음에 쏙 드는 며느리가 되는 것을 포기하더라도 내 마음이 납득할 수 있는 방향을 따라가는 것이 나를 지키는 일이 아닐까.

일부에서는 며느리가 시댁에서 일하는 것에 대해 남자가 대접 받는 모습을 보여주고 싶은 것을 이해해주지 못하느냐고 반발하는 의견도 있다. 그저 남자들의 귀여운 허세일 뿐인데 시댁에서 편하게 대접 받는 모습 좀 보여주는 게 뭐 그리 어려운 일이냐고, 그냥 맞춰주면 안 되냐면서. 대접받는 사람이 있다는 건 누군가 대접하는 사람이 있어야 한다는 뜻이다. 결혼 전에는 그게 엄마였을 수도 있다. 그런데 아내는 독립 후 또 다른 엄마가 아니다. 게다가 당장은 남자가 대접받고 여자가 대접하는 가부장제가 만족스러울지 몰라도, 결국 가부장제가 힘들게 하는 것은 여성만이 아니다.

아직은 이러한 상황에 대해 며느리가 의사 표현을 하면 옳지 않은 일처럼 보는 시선이 많다. 평소 당당하게 내 기분이나 감정 표현을 하던 여성들도 시댁에서만큼은 유독 말을 아끼고, 자신의 가치관을 숨겨야 한다. 정말 딸 같은 며느리라면, 우리가 정말 가족이라면 한 사람의 사고를 이토록 억압할 수 있을까?

물론 며느리가 자신의 감정과 생각을 표현한다고 해서 환경이 바뀔지 그렇지 않을지는 모른다. 하지만 신혼 초에 시어머니와 며느리는 아직 서로에 대해 아는 것이 거의 없는 관계라고 봐야 한다. 서로가 어떤 사람인지, 어떤 걸 좋아하고 어떤 걸 싫어하는지 시간을 들여 천천히 알아가는 과정이 당연히 필요하다. 그리고 그걸 위해서는 누군가 혼자 애쓰도록 내버려두는 것이 아니라 시부모님, 남편, 아내 모두가 함께 노력해야 한다.

모든 며느리는 '며느리'라는 역할뿐 아니라 다른 중요한 역할들을 함께 수행하며 살아가고 있다. 그중에서 굳이 좋은 며느리가 되기 위해서 나의 일부를 잃지 않아도 괜찮다. 가족이라는 가장 가까운 관계에서 우리는 솔직한 의사 표현을 통해 조금 더 자유로워질 필요가 있다.

며느리가 집안 연락망을 담당해야 할까?

어버이날이 다가오자 우리 부모님보다 먼저 떠오르는 것은 시부모님이었다. 우리 부모님은 내가 언제든 편하게 연락할 수 있고, 혹 어버이날을 잘 챙기지 못하고 넘어가도 바쁜 딸이라고 이해해주실 테지만 시부모님은 그에 비해 뵌 지가 얼마 안 된 어려운 어른이기 때문이다. 시부모님은 내 부모님과 달리 내가 예의를 갖춰야 하는 분들이고, 잘못했을 때 이해를 구하는 과정이 조금 더 복잡할 수밖에 없는 분들이다.

결국 결혼 3년차 새내기 며느리에게 어버이날은 나를 낳아주고 키워주신 부모님에게 감사를 전하는 날이라기보다, 결혼이라는 제도적 약속으로 맺어진 (아직)낯선 어른들에게 예의를 갖추는 날에 가깝다. 하지만 막상 어버이날이 되면 시부모님에게 문자라도 보내려 해도 무슨 말을 해야 할지 잘 모르겠다. (남편을)사랑으로 키워주셔서 감사합니다…? 나는 쑥스러워서 안부 인사 정도로 대신하고 있다. 그래도 왠지 마음이 쓰여서, 어버이날을 잊고 있을 것 같은 남편에게 넌지시 말해두었다.

"저번에 어머님이 배낭 필요하다고 하셨잖아. 이번에 어버이날이니까 자기가 하나 골라서 사드려, 아니면 용돈으로 보내드리든가."

내 딴에는 남편이 미처 챙기지 못하는 효도에 대해 신경 써주는 것이지만 남편은 대수롭지 않게 한 귀로 듣고 한 귀로 흘리는 것 같다. 그는 매 가족 행사를 챙기기보다 "신경 쓰지 마" 하는 편이라 처음에는 다소 마음이 불편했다. 서로의 집은 각자 챙기기로 했지만, 시댁에 그가 하지 않으면 결국 내가 해야 한다고 생각했기 때문이었다. 우리 집은 내가 챙기더라도 무신경한 남편이 시댁을 챙기지 않으면 그 섭섭함은 아들보다 며느리에게 돌아오는 경우를 많이 봤다. 하지만 그냥 섭섭해하시면 섭섭한 대로 받아들이자, 그렇게 생각하니 마음이 좀 편해졌다. 아들도 안 하는 걸 '남의 딸'이 굳이 하려고 혼자 아등바등하면 그게 무리가 된다.

시어머니는 매년 5월이 되면 나에게 "이번 달 며칠에 제사 지내잖니" 하고 당연히 내가 알고 있어야 한다는 듯이 제삿날을 알려주셨다. 바쁘니 제사에는 오지 말라고 하시면서도 어김없이 시아버지에게 "못가서 죄송해요" 하고 연락을 드리길 바라셨다. 한 번은 내가 "남편이 안 알려줘서 저는 몰랐어요" 하자 제사 날짜를 줄줄 읊어주셨다. 나는 제사에 가거나 못 가는 건 남편이 주관할 일이라고 말했지만, 어머니는 남자들은 무뚝뚝해서라고 나를 설득하셨다.

그러나 나는 남편의 제사를 내가 그에게 알려주고(여보, 이번 달 며칠에 너희 집 제사야.) 참석하지 못하는 것에 대해 변명하고(아버님, 바빠서 못 가서 죄송해요.) 싶지 않다. 그것이 며느리의 몫이라 생각하시는 시어머니와 세대의 간극을 한두 마디 대화로 좁혀나갈 수는 없을 것이다. 결국 마지막에는 메시지로 내 생각을 정리해 말씀드렸다.

"가족 행사나 제사 같은 건 서로 각자 챙기고 배우자는 도와주는 역할이라고 생각하고 있어요."

어머니는 결국 너희들이 알아서 정하고 해나갈 일이라며 이해해주셨지만, 사실 제사 때 며느리가 무언가 제스처를 취해주길 바라는 마음을 모르는 것도 아니다. 시어머니는 결혼은 원래 불편한 것도 해야 하는 것이라고 내게만 강요하시는 게 아니다. 시어머니가 실제로 그런 삶을 살아오셨기 때문에 어련히 그래야 하는 줄로 생각하시는 것이다.

하지만 나는 시댁 행사 일정을 외우지 않는다. 친정 부모님 생신 때에는 내가 그때그때 남편에게 말해준다. 서로의 원가족과 연관된 날짜를 외우지 못하는 것에 대해 조금도 서운하지 않다.

어버이날을 빨간 날로 지정하자는 논의가 있었지만 뜻밖에 반대 목소리가 높았다. 30대 초반인 내 주변에는 자영업자나 CEO보다 일반 직장인이 많아 휴일을 환영할 만도 한데 그랬다. 어느 날 만난 결혼한 친구도 생각만 해도 끔찍하다며 고개를 절레절레 저었다. 이유는 간단하다. 결혼한 며느리들은 어버이날 쉬면 '시댁에 가야 할 것'이라는 생각이 들기 때문이다. 우리나라의 많은 며느리들이 자연스럽게 어버이날과 시댁 방문을 연상시킨 데에는 이유가 있을 것이다.

어버이날과 환갑이 겹쳤다든가 어버이날과 시부모님 생신이 겹쳤다고 좋아하는 것도 대부분 며느리들이다. 1년 내내 챙겨야 하는 각종 집안 행사에 대한 부담감을 은연중에 혹은 대놓고 늘 짊어지고 있는 탓이다.

함께 결혼했는데도 왜 집안 행사의 날짜를 헤아리고 식사 메뉴를 고민하는 것에 대해 비교적 아내들의 부담감이 클까. 며느리들은 결혼하는 순간 암묵적인 며느리 도리와 마주친다. 누가 시키지 않아도 그것을 해야 할 일로 여긴다. 자신뿐 아니라 남편, 시부모님, 친정 부모님, 주변 사람들, 온 세상이 그걸 당연한 일로 생각하고 있기 때문에 쉽게 그 틀에서 벗어나기 어렵다. "나는 안 할래" 그 말을 꺼내는 순간 온 세상이 나를 부적절한 인간으로 몰아갈 것 같다.

우리 엄마도 수십 년 동안 집안에 주된 일이 있을 때마다 고모들과의 연락을 도맡았다. 내 남편은 남자 형제가 없지만, 동서나 형님이 있는 경우에는 여자들끼리 이야기해서 시부모님 선물을 정하거나 식사 자리를 예약하는 경우도 종종 보인다. 자기 집안인데도 많은 남편이 가족 행사 일정의 조율을 아내의 몫으로 미룬다. 남편이 그렇게 하지 않아도, 시어머니가 며느리에게 전화를 건다.

나도 결혼 초반에는 시어머니의 전화를 받았다. 그러나 남편에게 친정에 가는 일정을 잡아달라 부탁한 적은 없었다. 내가 우리 부모님과 남편의 일정을 각각 확인하여 "이날 괜찮아?" 묻고 약속을 잡는다. 남편도 이후 시어머니에게 집안 행사에 대한 연락은 자신에게 해달라고 말씀드렸다. 가족 행사

조율에 대해 별 것도 아닌데 그 정도도 못 하겠다고 징징거리냐고 말하지 말자. 남의 몫에 대해 별 것 아니라고 하는 사람치고 스스로 하는 사람을 못 봤다.

어쨌든 여러 명의 일정을 조율하여 약속 시간을 확정짓는 건 기본적으로 피곤한 일이다. 대학 땐 주로 과대나 학생회장이 그런 일을 했다. 그런데 결혼하면 모든 며느리가 모임의 대표 역할을 맡다 보니 삶이 한층 피곤해진다. 그 리더 역할에는 명예도 없다.

우리는 온전한 1인분의 삶만을 책임지고 살아가는 것으로도 충분히 버겁다. 어느 집단의 대표가 되어 사람들을 이끌고 즐겁게 해주는 것이 적성에 맞는 사람도 있지만 여러 사람의 사이에 끼어 조율하는 역할을 맡는 것이 큰 스트레스로 다가오는 사람도 적지 않다.

회사에서는 팀을 이끌고 자신이 맡은 일도 책임감 있게 해내는 남편일 텐데, 맞벌이를 해도 양쪽 집안을 통틀어 관장하는 것은 실질적으로 아내의 몫일 때가 많다. 돈을 벌어오는 것으로 자신의 할 일을 다 했다고 생각하는 외벌이 남편도 있는 것 같다. 그러나 경제활동 말고도 우리가 살아가기 위해서는 다양한 분야의 노동과 노력이 필요하다. 삶의 균형을 맞춰 가기 위해서는 서로의 배려가 필요할 수밖에 없다.

아마 남편들에게 집안 행사에 대한 조율을 맡기면 속이 터지는 아내들도 많을 것이다. 생신 날짜는 다가오는데 남편은 마음이 하나도 급한 것 같지가 않아서다. 성격상 차라리 아내가 나서는 게 속이 편하다면 그렇게 하면 되고, 바쁜 남편을 위해 덜 바쁜 아내가 연락 담당을 맡는다면 그것도 서로에 대한 배려가 된다.

그러나 만약 그에 대한 스트레스가 크다면 나는 그냥 기다리라고 조언한다. 당일 행사가 매끄럽게 진행되지 않아도 그건 며느리 탓이 아니다. 행사 준비는 어렵다. 누구에게나 힘들다. 그래도 본인 부모님을 챙기고 싶다면 누군가에게 맡기지 말고 스스로 움직일 수밖에 없다. 물론 남편이 준비한 일정에 내가 참석하길 원한다면 기꺼이 내 몫의 역할을 다할 준비가 되어 있다. 그건 내가 시댁에 속한 며느리라서가 아니라, 남편이 나의 사랑하는 배우자이기 때문이다.

말해야 할 순간에 입을 다무는 남자

시댁과 며느리의 관계를 조명하는 한 예능 프로그램이 한창 화제가 된 적이 있었다. 그때 한 연예인 부부가 둘째를 출산하기에 앞서 산부인과에 방문한 내용이 방송되었는데, 의사가 산모의 건강상 이유로 제왕절개를 권하는 장면에서 남편의 태도가 뜨거운 논란이 됐다.

의사가 "첫째를 제왕절개 하셨으니 둘째도 수술을 해야 한다"고 말하자 남편이 난색을 표하며 "원칙상 꼭 수술을 해야 하느냐"고 되물은 것이다. 이에 의사가 곤란해 하는 이유를 묻자, 남편은 "그러면 제왕절개를 해야 한다는 소견서를 떼어 달라"고 부탁했다. 이유는 시아버지가 자연분만을 권유했기 때문에 제왕절개를 하겠다고 허락 받으려면 의사 소견서가 필요하다는 것이었다.

여성의 출산 방법을 왜 피 한 방울 섞이지 않은 시아버지가 결정하는 것일까? 그 자체도 기가 막히지만 며느리를 더 화나게 하는 것은 시아버지가 아니라 우물쭈물하는 남편의 태도일 것이다. 그 방송에서 아내는 "당신이 아버지 설득할 수 없어?"라고 물었지만 남편은 "3시간만 진통하고 안 되면 그때 제왕절개 하면 안 되냐"고 대답했다. 그는 왜 아버지에게 아내의 당연한 권리를 대변하지 못했을까. 내 몸에 대한 결정권을 나도 아니고, 나와 평생을 함께 살 배우자도 아니고, 엄연히 말하면 내 부모도 아닌 남의 부모가 결정하려 하는 상황을 어떻게 이해해야 할까?

우리는 부모님 덕분에 세상에 태어난 존재고, 부모님에게 자식으로서의 도리를 다하는 것은 마땅하다. 하지만 그것이 나에 대한 모든 결정권을 여전히 부모님에게 맡겨놓는다는 뜻은 아니다. 많은 시부모님들이 며느리를 딸처럼 생각한다고 하지만, 배 아파 낳은 친딸이라도 산모의 안전을 우선순위에서 슬쩍 밀어낼 수 있을까? 친정엄마가 등장하는 한 CF에서는 손녀를 챙기느라 자기 몸을 챙기지 않는 딸에게 엄마가 이런 메모를 남긴다. "네 자식이 귀하면 내 자식도 귀한 거야." 진짜 엄마 마음은 그런 것이라고 나는 공감했다.

이렇게 시부모님과 며느리 사이에 생겨난 기묘한 입장 차이를 해결하기 위해서 가장 중요한 것은 뭘까? 말할 것도 없이 바로 남편의 역할이다. 며느리는 결국 남편을 매개로 하여 그 집에 방문한 사람이고, 남편은 이에 대해 부부의 입장을 대변해줄 필요가 있다. 그런데 많은 남편들이 고부갈등이 일어났을 때 '내가 어쩔 수 없는 일'이라며 방관적인 태도를 취한다. 그것이 더는 부부간의 문제가 아니라 고부간의 문제, 여성들의 문제, 집안의 문제라고 생각하기 때문이다.

남편은 명절마다 '어떻게 나를 편하게 해줄 수 있을까'에 초점을 맞춰 고민했다. "집에서 밥 먹으면 번거로우니까 외식하자고 내가 말할까?" 하지만 나는 다 같이 식사하기 위해 일손을 모으는 것 자체를 싫어하거나 반대하는 것이 아니었다. 편하게 앉아 누가 차려준 밥만 먹고 싶다는 주장을 하는 것이 아니다. 단지 그 일의 주체가 무조건 여성이나 며느리가 아니기를 바라는 것이다. 제사를 지내도 되고, 명절마다 친척들을 만나는 것도 좋다. 당신이 나를 위해서 할 수 있는 일은 제사를 없애거나 부엌일을 하지 않아도 되게끔 외식을 추진하는 일이 아니라, 이 모든 것을 당신의 일이라고 생각하는 것이다.

아마 또박또박 생각해보면 그럴 의도는 아니었더라도, 사회적인 관성으로 아내를 섭섭하게 만들고 있는 경우가 있었을지도 모른다. 명절마다 시누이가 집에 올 때까지 기다리라는 시어머니에게 "누나(동생)가 친정 오는 것처럼, 우리도 이제 처가댁에 가야 한다"고 명료하게 말하지 못하는 건 자기도 모르게 시댁 중심적인 사고를 하고 있었던 탓이 아닌지 생각해봐야 한다. 우리 엄마 서운한 것만 중요해서, 딸 기다리는 배우자의 엄마 마음은 안중에도 없는 것은 아닌지. 필요한 말을 필요한 순간에 꺼내지 못해서 아내가 결혼 전에는 느낄 필요 없었던 절절한 고립감을 느끼게 만들고 있지는 않은지.

시댁에서 일어나는 일은 고부갈등이 아니라 기본적으로 아들로서의 문제 그리고 부부가 해결해야 하는 문제라고 생각해야 한다. 친구를 동네로 초대해도 이 동네의 맛집은 내가 책임지고 소개하는 법이다. 친구를 혼자 알아서 놀도록 방치하고 자신은 집에 가서 엄마가 차려준 밥을 먹지는 않을 것이다. 내 부모님이 계신 집으로 아내를 들였다면, 부부가 관계를 지키기 위해 꺼내야만 하는 말을 아내의 몫으로 미루지 않아야 한다.

결혼이라는 제도의 불합리한 점들이 표면으로 드러나며 "이래서 결혼 안 해" 혹은 "그게 싫으면 결혼하지 말아야지"라는 이야기들을 많이 한다. 하지만 결혼을 선택한 이들 역시

남편과 두 사람이 함께하는 공동의 삶을 기대했던 것뿐, 여성이라는 이유로 양보하고 희생하는 데에 동의한 것이 아니다. 결혼이라는 관습이 이어지려면 결혼이 강요하는 수많은 의무가 사라지고 바뀌어야 한다. 그렇게 바람직한 결혼생활을 지켜나가기 위해서 무조건 전제되어야 하는 것은 바로 배우자의 동의다.

나는 결혼의 성립과 유지를 위해서는 최대한 주변의 조언과 오지랖을 걷어내고 두 사람이 믿는 길을 가야 한다고 생각하는데, 사실 현재로서는 웬만한 강단이 아니면 기존의 관습을 거부하기가 쉽지 않다. 그래서 현실적으로 결혼에 대해 고민하고 있는 여성에게 명료하게 전해주고 싶은 유일한 조언이 있다면 말해야 할 순간에 말하지 못하는 남자와는 결혼하지 말자는 것이다. 결혼의 주된 어려움은 두 사람에게 있는 것이 아니라 관습적인 부분에 있다. 내 이야기보다 관습에 더 무게중심을 두고 있는 사람, 내 의견보다 엄마의 의견에 더 관심을 기울이는 사람과 결혼하면 결코 기존의 불편한 결혼제도에서 벗어날 수 없다. 반대로 부부가 인정할 수 있는 결혼생활을 새롭게 정립하고 맞춰갈 의지가 있는 사람이라면, 결혼 후에도 충분히 우리가 '나 자신'으로서 살아갈 수 있지 않을까.

우리는 부모님에 대한 안부 전화를 서로에게 위탁하지 않

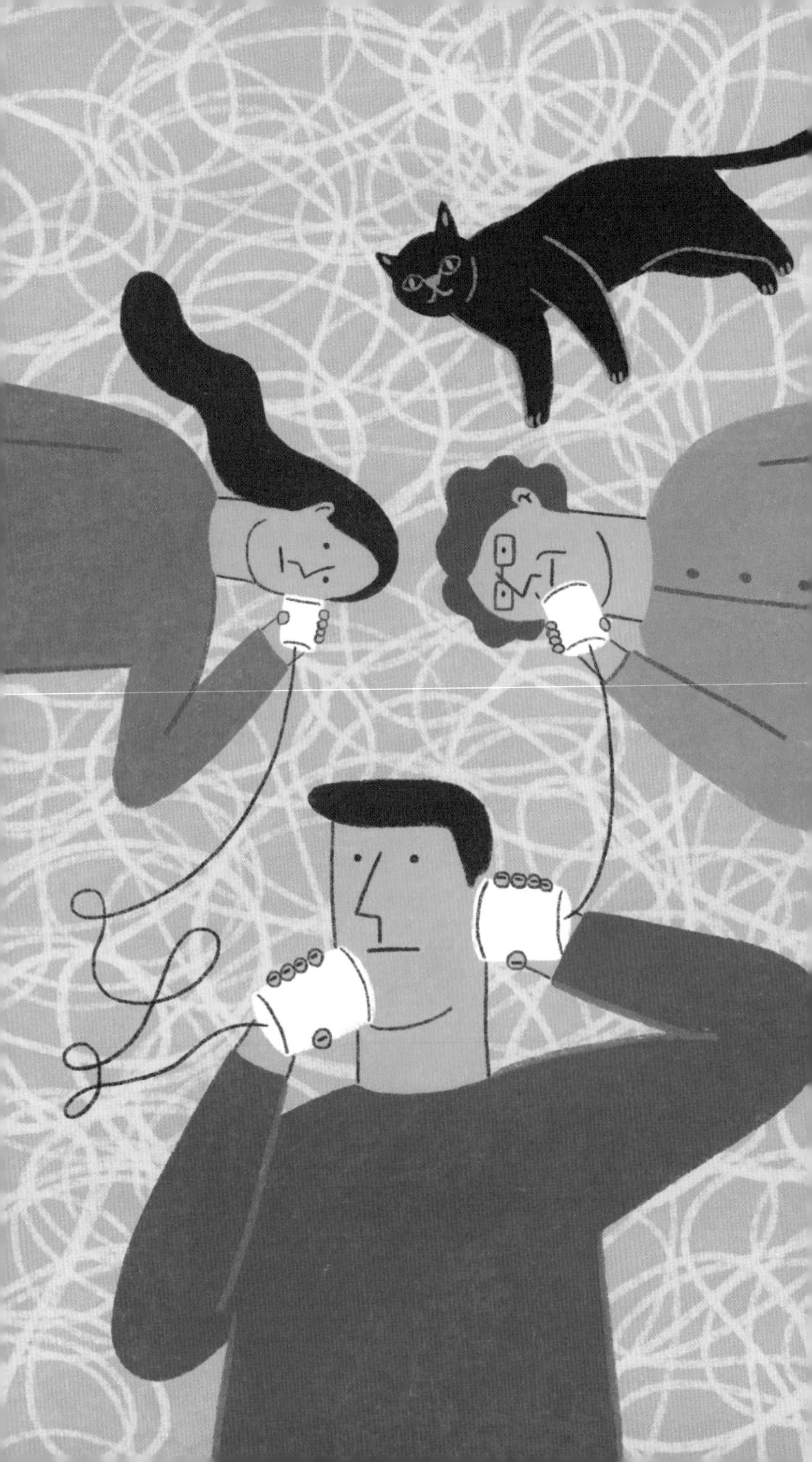

기로, 제사에는 참여하지 않기로, 명절에는 각자의 집에 따로 가기로 했다. 우리가 결혼 후 새롭게 정립하고 있는 수많은 약속들에 대해서 남편은 문득 이 정도면 충분하지 않느냐는 듯이 말했다.

"그래도 이 정도면 많이 양보하는 거 아니야?"

그의 입장에서는 그렇게 생각할 수도 있었을 것이다. '나 정도면 매우 평등한 남편이고, 좋은 시댁이 아니겠느냐'고. 하지만 이해해주는 그가 고마운 한편, 감사해야 하는 내 처지를 돌아보지 않을 수 없었다.

"회사에서 네 월급 70%만 주다가 이번 달은 월급 100% 다 줄게, 이러면 감사하는 마음으로 받아들일 거야? 네가 양보하는 게 아니라 원래 치우쳐져 있던 걸 바로잡는 거야. 사실 너는 '내가 양보해준 덕분에' 단지 남자라는 이유로 혜택을 누리고 있었던 거라고. 그런데 공평한 상황을 만들면서 내가 감사하게, 미안하게 생각해야 하는 걸까?"

결혼이라는 하나의 새로운 장이 열렸을 때, 내가 필요로 하는 변화에 대해 남편이 어떻게 생각하고 있는지는 중요한 문제다. 며느리를 정말 하나로 인격체로 대하고 있는지 의심스러운 비상식적인 상황에서 누구보다 발언권을 포기하지 말아야 하는 것이 바로 남편이기 때문이다. 그는 입을 다물고 방관하는 역할을 맡아서는 안 된다. 내 편이 필요한 상황에서 부모님의 뜻을 거스르지 못하고 우물쭈물하고 있으면 그야말로 '남의 편'이 된다.

물론 굳이 싸우고 싶지 않을 수 있다. 의견 대립의 순간은 누구에게나 곤란하다. 특히 좋아하는 사람들, 가까운 사람들, 틀어지고 싶지 않은 사람들과 의견이 다를 때 내 의견을 주장하는 것은 모두에게 조금씩은 곤혹스럽다. 그러나 가치 판단을 했을 때 나의 의견을 관철시켜야 하는 상황이라면, 불편함을 무릅쓰고 내 의견을 말해야 할 때도 있다. 만약 상사에게 곤란한 주장을 해야 할 때, 친구의 부탁을 거절해야 할 때, 어쩔 수 없이 말다툼을 해야 할 때 누가 대신 해준다면 참 편리할 것이다. 꺼내기 어려운 말을 할 때도 관계가 흐트러지지 않도록 다투지 않고 부드럽게, 상냥하게 조율해준다면 더 좋을 것이다. 혹시 바로 그 역할을 아내에게 떠넘기고 있지는 않은가?

서로 각자의 가족과 살아온 두 사람이 결혼해서 하나의 새 가정을 이루었다면 내 삶의 중심도 옮겨와야 한다. 우리 엄마가 들으면 서운한 이야기일까? 하지만 결혼 후에는 부모 자식 간에도 서로에 대한 독립이 필요하며, 그만큼 배우자가 서로를 의지하고 배려하는 관계가 되어야 한다. 말이 필요한 타이밍에 그 말을 하지 못하는 배우자는 서로에게 실망스러울 수밖에 없다.

사실 말이 필요한 순간 자체를 아내만큼 예리하게 짚어내지 못하는 남편들도 많은 것 같다. 시어머니가 "아들, 왜 이렇게 살이 빠졌어(며느리가 잘 안 챙겨주니)?" "어머, 결혼 전에는 한 번도 안 시켰는데 이제 설거지도 하네(며느리가 시켰니)?" 할 때, 남편이 한마디 해주었으면 좋겠는데 아예 감지조차 하지 못할 때, 그가 나와 얼마나 다른 세상에서 살고 있는지 깨닫는 순간마다 아내는 고립된다.

나 역시 시댁에서 듣기 싫은 소리가 나왔는데 남편이 아무런 행동을 취하지 않을 때, 바로 그 점 때문에 더 화가 나곤 했다. "한 귀로 듣고 흘려" "우리 엄마(아빠)가 그런 의미로 한 말은 아니야"라는 말은 내게 닿지 못하고 무의미하게 흩어졌다. 내가 원하는 것은 그가 내가 느끼는 기분을 조금이라도 이해하고 있다는 걸 확인하는 일이었다. 그 역시 내가 일상적으로 맞이하는 불편의 순간에 대해 좀 더 제대로 귀를 기울여서 들어주어야 했다. 내가 모른다고 해서 세상에 없는 것이 아니니까.

내가 겪지 않은 세상에 대해 무감각하고, 내가 살아온 세상이 당연한 것으로 여겨진다는 사실을 이해할 수 있다. 하지만 그 차이를 없는 것으로 치부하고 "그런 걸로 뭘 그래" "별것도 아닌데 네가 이해해"라고 말하는 사람과 손을 잡고 삶을 걸어가는 일은 어렵다. 내가 모르는 세계라 해도 그곳을 들여다보는 일이, 번거롭더라도 그 세상이 조금 더 좋은 세상이 되게끔 함께 노력을 기울여주는 것이 우리가 하고자 했던 사랑이 아니겠는가.

명절엔 각자 부모님에게 효도하고 만나자

몇 년 전 결혼을 앞두고 가장 걱정되는 문제 중 하나가 바로 명절이었다. 결혼 후 명절은 오직 여성의 역할만을 바꾼다. 남성들은 여전히 본가에 가서 차례를 지내고 여성들이 차려주는 밥상을 받지만, 여성은 결혼 후 남편의 집에 따라가 그 과정의 실무적 역할을 맡게 된다. 나로서는 당연하게 이어져 온 그 전통을 받아들일 수 없는 것은 물론이고, 생각할수록 의문만 깊어졌다. 우리는 얼마나 오랜 시간 불평등한 전통에 문제제기조차 하지 않고 살아온 것일까.

결혼 전에 명절에는 서로의 집에 번갈아가면서 먼저 가기로 약속했다. 그때만 해도 남편은 그런 말을 꺼내는 나의 마음을 십분 이해한다는 듯 흔쾌히 동의했다. 하지만 막상 결혼하고 나니 첫 명절은 처음이라 시댁 먼저, 그 다음은 명절에 시어머니 생신이 끼어 있어서 시댁 먼저 하는 식으로 네다섯 번의 명절이 지났다. 명절에 처가댁을 먼저 가겠다는 것이 그 때만 해도 얼마나 파격적인(!) 이야기인 줄 알기에 일단 인내심을 가지고 기다렸다.

하지만 명절에 해외여행은 다녀오면서도 처가댁부터 들르겠다는 말을 그는 끝끝내 꺼내지 못했다. 어쩌면 그는 결혼해서 효도하려 했는데 부모님에게 제 역할을 하지 못하는 것 같은 죄책감을 느꼈을지도 모른다. 아니면 변화를 일으키기 위해 굳이 에너지를 쓰고 투쟁할 필요성을 느끼지 못했던 것일까?

“왜 말을 못해? 너는 우리 관계가 평등해지는 걸 주장하는 게 껄끄러워?”

나는 그가 나만큼 적극적으로 나서주지 않는다는 점 때문에, 그의 머릿속에 정립되어 있는 우리 관계의 근본을 의심하기도 했다. 하지만 여러 차례 이야기를 나누다 보니 그는 평등을 거부한다기보다, 부모님과 대립하는 문제를 회피하고 싶어 하는 것 같았다. 굳이 피곤한 다툼을 시작하고 싶지 않은 것이다. 기존의 명절 문화가 지속될 때 불편한 것은 그가 아니다. 내가 참으면, 내가 덜 예민하면 모두가 언제나처럼 평화로운 명절을 보낼 수 있다고 그는 내심 생각했을까?

물론 그도 청소년기에는 자유를 위해 반항했을 것이다. 회사에서는 마땅한 권리를 주장하려 애쓸 것이다. 모두가 여성의 희생을 당연하게 생각하고 있는 현 상황에서 변화를 꾀하기에 이 문제가 그에게 절실하지 않을 뿐인지도 몰랐다.

~~~

하지만 그대로 납득할 수 없는 결혼 관습을 평생 지속할 수는 없었다. 결국 작년 이후 명절에는 각자 집에 가는 걸로, 거취를 스스로 결정하는 것으로 결론 내렸다. 이 문제를 부모님에게 설명하는 것은 각자의 역할이었다. 내가 모든 관계를 일일이 보듬고 누구도 상처 입지 않도록 애쓸 수는 없다. 그가 부모님을 설득하여 납득시키든, 그냥 회피하든, 그것은 그에게 맡기기로 했다.

그렇게 결혼 4년차의 설 명절이 다가왔다. 각자 명절을 보내기로 했지만 남편은 혼자서 시댁에 가지 않았다. 아마 시어머니가 오지 말고 그냥 둘이서 보내라고 권유하신 듯했다. 사실 어른들이 보기에는 결혼한 두 사람이 따로 움직이는 것이 바람직하지 않게 보일지도 모른다. 하지만 각자의 부모님과
~~~

명절 아침을 보내는 것은, 명절마다 무조건 여자가 남자의 이동 경로를 따라 움직이는 것보다는 합리적이다.

명절을 보낸 뒤 부부 상담과 이혼율이 그렇게 높아진다고 하지 않는가. 누군가는 기존의 명절 문화에 고통 받고 있다는 뜻이다. 부부 관계를 중심에 놓고 생각한다면 오히려 각자 보내는 명절이 우리 부부 사이를 덜 훼손할 수 있다. 부모님께 각자 효도하고 기분 좋게 다시 만나면 된다.

그래도 설 당일에는 시부모님에게 새해 문자를 보냈다. 못 가서 죄송하다는 말은 하지 않았다. 시아버지로부터 장문의 답장이 왔다.

"세상은 말이다. 전통, 도덕, 관습 이런 것도 아주 중요하단다. 때가 되면 자손을 보고, 명절을 챙기며 가족이란 울타리를 만들어가는 것이 일반적인 삶이다. 물론 요즘은 하루가 달리 변하는 게 많아 무엇이 정답인지는 잘 모르겠지만, 전통이나 관습을 따르는 게 무난한 삶이 아닐까 하는 생각을 한다."

그러나 시아버지에게 묻고 싶었다. 그 전통과 관습이 누구의 희생을 발판 삼아 지어진 그럴 듯한 성인지 혹 그 꼭대기에서 내려다보신 적이 있느냐고. 오랜 세월 동안 명절마다 정작 나를 키워주신 부모님은 뵙지 못하고 남편의 조상을 위해 아침 일찍부터 차례상을 차리는 시어머니가 없었더라도 그 전통이 이어질 수 있었겠느냐고. 그리고 이제는 아들과 결혼한 남의 집 귀한 딸에게까지 남성들의 안락한 전통을 떠받치는 역할을 물려주는 것이 과연 누굴 위한 일이겠느냐고.

나는 적어도 우리 다음 세대에게는 평등하고 행복한 결혼 문화를 물려주기 위해 노력할 생각이라고 답했다.

명절 당일은 아니지만 그 다음 날이 시어머니 생신이라 다 같이 외식을 했다. 시아버지는 명절에 며느리가 차례를 지내러 내려오지 않은 것에 대해서 더는 말씀하지 않으셨지만, 각자가 생각하는 세상이 다른 것은 또렷했다.

남자가 아내 생일이라고 미역국을 끓인다는 건 생각해본 적도 없다고, 요리하는 남편을 향해 혀를 차실 때까지만 해도 웃어넘겼다. 하지만 남편이 갖고 싶다는 비싼 외제차 이야기 끝에 나를 보고 "며느리가 돈 많이 벌어야겠다"고 하시는 걸 듣자 황당한 기분을 숨길 틈도 없이 말이 튀어나왔다.

"신랑에게 부엌일 시키지 말라고 하시면서, 저한테는 돈 많이 벌라고 하시는 거예요? 아버님, 저 그냥 일 그만두고 살림할까요?"

어찌어찌 입꼬리는 웃고 있었지만 옆자리에 앉은 남편에게는 들렸을 것이다. 내 이성의 끈이 툭 끊긴 소리가. 아버님은 웃으면서 모순을 인정하시면서도 그래도 내 생각을 굽히지는 않을 것이라고 단언하셨고, 나는 아버님이 뭐라고 하시든 제 갈 길을 가겠다고 선언했다. 앞으로도 명절마다 아버님은 전통을 대하는 바람직한 자세에 대해 잔소리를 하실지 모르고, 나는 여전히 그 전통을 따라야 한다면 직계 자손인 남편에게 맡길 생각이다.

사실 굳이 꼬박꼬박 말대꾸를 하지 않는 편이 예의바른 것인지도 모른다. 명절에 잠깐 참으면 굳이 까칠한 며느리 소리를 들을 필요가 없다. 하지만 한편으로는 시아버지가 언젠가 내가 말하는 불평등한 전통을 조금은 이해해주셨으면 좋겠다. 이렇게 오히려 솔직하게 서로의 생각을 표현하고, 앞으로 수차례 서로를 설득하는 것이 세대 간 거리를 조금씩은 좁혀줄지 모른다는 기대도 해본다.

모두가 평화롭고 행복한 채로 세상이 변하는 것은 아무래도 어려운 모양이다. 모두가 조금씩 괴롭더라도 어쩔 수 없이, 난 자신을 지키기 위해서 세상과 부딪치는 쪽을 택해 살아가려고 한다.

결혼 후 출가외인이 되었다

결혼은 부모님으로부터 독립해 하나의 새로운 가정을 꾸리는 일이지만, 동시에 결혼이라는 관습이 지속시키고 있는 가부장제 안으로 풍덩 몸을 담그는 일이기도 했다. 나를 둘러싼 모든 요소가 지금까지 가정 내에서 여성들이 맡아왔던 역할을 그대로 이어가길 원했다. 나에게 아내로서 살림하며 사는 법만 가르친 것이 아니라, 사회를 살아가며 한 사람의 주체로서 기능할 수 있도록 가르치고 키워온 부모님마저 마찬가지였다.

"어버이날에 시부모님께 연락은 드렸니?"

"드렸지, 그럼."

"저녁에라도 찾아뵙든가 꽃이라도 좀 보내드리지."

"그걸 왜 엄마가 신경 써, 아들이 잘 챙길 텐데~"

무슨 기념일이나 시댁 행사가 있을 때마다 엄마는 은근슬쩍 내게 당부했고, 나는 짜증스러운 기분과 짠한 마음을 둘 다 꾹꾹 누르면서 대답하곤 했다. 기념일을 싹싹하게 챙길 리 없는 딸의 성격을 십수 년 동안 봐온 엄마는 결혼한 딸의 행실이 영 걱정스러운 것이다. 남편과는 양가 기념일을 각자가 주도해 챙기기로 했고 그렇게 살고 있는데, 엄마는 시댁 행사를 나의 일로 여기지 않는 딸이 못 미덥고 불안한 모양이다.

결혼하면 며느리 입장에서 시댁과의 갈등이 가장 걱정일 것 같았는데, 의외로 복병은 더 가까운 곳에 있었다. 딸을 낳고 기르면서 언젠가 시집보낼 것이라고 생각하고 있던 부모님들은 딸이 결혼하고 나면 저절로 시댁 우선의 마인드가 되는 듯하다. 나에게 아내로서의 도리, 며느리로서의 도리를 강요하는 것은 시댁 쪽보다 오히려 내 부모님이었다. 물론 부모님 마음은 이해하고도 남는다. 내 자식이 어디 가서 예의범절이 부족하지는 않은지, 성격이 둥글지 못해 어디서 욕먹고 있는 건 아닌지….

엄마는 아들, 딸을 한 명씩 키우면서 딸인 내게는 늘 시댁에 가면 시어머니도 돕고 싹싹하게 굴길 바랐다. 하지만 나로서는 며느리 노릇을 성실히 수행하는 것으로 시부모님의 사랑을 받고 싶지는 않았다. 더 중요한 건 그런 역할을 받아들일 때 남편과 나의 관계가 불균형해진다는 점이었다. 부모님의 기대치, 결혼이 요구하는 관습적인 역할을 따르면 남편은 늘 대접받는 사람이 되고 나는 반대로 대접하는 사람이 되어야 했다. 결혼이 내게 요구하는 역할이 탐탁지 않았기에 나는 당연히 가장 가까운 엄마의 생각부터 바꿔보려고 했다.

"엄마, 남편이랑 나는 서로 동등한 관계로 결혼한 거라서 부모님에게도 공평하게 하고 싶어. 남편이 우리 집에 와서 설거지를 안 하는 것처럼 나도 시댁 가서 굳이 설거지를 하고 싶지는 않아. 그건 남편이 하면 돼."

그러면 엄마는 "내 아들이 결혼하고 왔는데 부엌에서 설거지하는 건 보기 싫을 것 같다"고 했다. "아들이 설거지하는 건 보기 싫고, 딸은 남의 집 가서 설거지하는 게 좋아?" 기가 차서 웃으면 엄마도 말끝을 흐리며 웃었다. 아들과 딸을 둘 다 가진 부모님도 양쪽을 똑같이 두고 생각하는 게 쉽지 않은 것을 보면, 우리나라의 불균형한 결혼 문화가 얼마나 뿌리 깊은 것인지 생각하게 된다.

아빠도 마찬가지였다. 아빠는 우리 집에 온 남편이 다 먹은 그릇을 싱크대에라도 담그려 하면 손사래를 치며 그릇을 뺏었다. 운전하느라 피곤할 텐데 밥 다 먹었으면 빨리 집에 가서 쉬라며 떠밀 듯이 우리를 배웅했다. 첫 명절 때 시댁에서 "며느리 들이면 친정에 안 보내려고 했는데" 같은 농담을 억지웃음으로 흘려버렸던 기억이 떠올랐다. 새로 맞이한 가족을 대하는 친정과 시댁의 분위기 격차를 나는 멍하니 체감했다.

우리 세대에서 결혼은 어디까지나 개개인의 선택이다. 혼자서는 살 수 없는 두 사람이 만나 결혼을 완성하다기보다, 혼자서도 잘 살 수 있는 사람들이 만나 더 행복하게 사는 방법을 추구하는 길이다. 하지만 부모님 세대만 해도 결혼은 필수였을 뿐 아니라 '여자는 남자를 잘 만나야 한다'고 생각하시는 경향이 있었다. 여성의 삶이 결혼 후 남편에게로 편입된다고 생각하게 되면, 결국 부모님은 그 남성을 뒷받침하는 방식으로 딸의 행복을 응원하게 되는 일이 생긴다. 또한 아내와 남편의 성 역할을 고정하고 그 한계를 정해버리면, 행복해지는 방향은 결국 가부장제에 얼마나 잘 적응하고 수용하느냐

하는 문제가 되어 버린다.

내게 엄격하게 굴어 사춘기 이후로 부딪치기만 했던 아빠는 이제 혹 백년손님인 사위가 처가에 와서 불편할까봐, 내가 시댁에서 예의바르게 행동하지 않을까봐 걱정하는 장인어른이 되었다. 아빠는 내가 혼자 친정에 왔다가 자고 가겠다고 하면 남편 밥은 어떻게 하느냐며 걱정했다. 오히려 아빠는 스스로 밥도 잘 챙기고, 청소도 엄마보다 더 꼼꼼히 하는 남편이면서도 그랬다.

남편의 식사를 챙기지 않는 나를 불성실한 아내로 치부하는 아빠의 태도는 남편과 나의 동등한 관계를 단숨에 일그러뜨린다. 결혼 초 친정집에 올 때마다 인사치레 삼아 딸이 밥은 잘 먹이느냐고 몇 번이고 묻던 아빠의 모습도, 명절에 우리 집은 안 와도 되니 시댁에 오랫동안 있으라던 아빠의 말도 그랬다. 우리 부모님도 시부모님과 동등한 대우와 효도를 받는 것이 마땅하지만 아빠는 자꾸 당연한 대접을 사양했다. 차라리 "우리 딸을 책임질 수 있나" 하고 듬직한 신랑의 역할을 요구하는 일명 딸 바보 아빠들의 시선이 부러웠다. "우리 아들 귀하게 키웠다, 설거지가 웬 말이냐"는 우리 시아버지의 태도와 극명히 비교되어서 더 그랬다.

다만 아이러니하게도 나는 그런 아빠의 모습을 보고 아빠의 삶을 조금 이해하게 됐는지도 몰랐다. 우리의 결혼에는 두 집안이 관여되어 있었는데 그 관계에서 아빠는 자꾸 약자를 자청했다. 딸 가진 부모란 그런 것이라 생각하고 살아온 아빠로서는 사위를 대접하는 것으로 딸에 대한 애정을 표현할 수밖에 없었을지도 모르겠다. 그리고 나를 시집보낸 뒤, 내가 아내의 기능을 제대로 수행하는 것이 아빠로서 내 양육의 최종 퀘스트라고 여기셨는지도. 그러나 며느리에 대한 관습적 요구를 수용하고 아내의 역할에 충실하도록 북돋는 것이 날 걱정하고 위하는 방법이 아니라는 걸 언젠가 아빠는 이해해 줄까?

나는 결혼 후에 출가외인이 되지 않았고, 남편에게 그의 본가가 중요하듯 나에게는 내가 20년 넘게 살아온 내 집과 내 부모님이 중요하다. 부모님이 당연하게 생각하는 역할과 방식을 그대로 받아들일 수는 없었다. 물론 부모님의 경험과 지혜는 값지지만 그것을 어떻게 배우고 적용할 것인지는 우리 세대의 몫이라고 생각한다. 부모님은 때로 나를 미완성의 아내이자 며느리로 보고 불안해하시지만, 나는 끝내 그 역할을 배우지 않을 것 같다. 시댁에 소속된 며느리가 아니라 내 부모님의 딸이자 나 자신으로서 살아가고 있다는 사실이 결국 나를 지켜주기 때문이다.

페미니스트 엄마가 되고 싶다

친구의 아기는 이제 두 돌이 다가오고 있었다. 막 태어났을 때는 잠을 자거나 울기만 하는 작은 생명체 같았는데, 이제는 야무지게 걷고 말도 하고, 어린이집이나 놀이터에서 친구들과 어울리기도 하는 모양이었다. 아기가 생애 최초의 사회생활을 시작하자 친구는 처음 겪는 육아가 점점 더 어려워진다며 걱정스러워 했다.

아이들의 성향이라는 게 타고 나는 것인지 부모의 영향으로 어느 정도 만들어지는 것인지 그 비율은 잘 모르겠지만, 아이의 성향과 부모가 원하는 성향을 어떻게 조합하여 이끌어야 하는지 고민이 될 수밖에 없을 것 같다. 지금은 그래도 아이들의 성향을 존중해주는 분위기가 생겨나고 있지만, 우리가 어릴 때는 내성적인 성향을 부정적으로 보는 시선이 조금 더 강했다.

소심한 아이든 사교적인 아이든 적극적으로 행동하고 발표해야 긍정적인 평가를 받았고, 우물쭈물하거나 주춤거리는 아이는 걱정을 샀다. 가끔 참관수업 같은 게 있는 날이면 엄마들은 너도 손을 들어 발표하라고, 앞에 나가서 시도해보라고 아이들의 등을 떠밀었다.

하지만 지금 우리는 내향적인 것도 그 사람이 가지고 있는 성향 중 하나일 뿐이라는 것을 안다. 나서는 것을 싫어하는 사람에게 아무리 무대 위의 주목받는 역할을 권해봤자 기뻐하지 않는다. 대신 내향적인 사람에게는 그에 어울리는 자리, 마음 편한 역할이 따로 있는 것이다. 그건 고쳐야 할 성격이 아니라 그 사람의 성향일 뿐이다.

마찬가지로 우리가 어렸을 때에는 남자다움과 여자다움을 어디서든 쉽게 학습했다. 여자애가 말괄량이처럼 뛰어다니면 안 되는 것이었고, 속옷이 겉으로 보이거나 다리를 벌리고 앉으면 선생님에게 지적을 받았다. 교과서에서 존댓말은 여성적 어조, 강건한 말투는 남성적 어조로 배웠고 존댓말이 따로 없는 외국 영화 자막을 봐도 남자 주인공은 반말을 쓰는데 여자 주인공은 존댓말을 썼다. 아이들이 디즈니 만화를 보면서 천편일률적인 여성상을 배우게 된다는 시선도 있다. 그

속의 많은 공주님들이 모두 가느다란 허리에 드레스를 입고 있고, 나를 구원해줄 왕자님을 기다리고 있기 때문이다.

광고에서는 곱게 앞치마를 차려 입은 여성이 등장해 엄마를 위한 세탁기나 전기밥솥을 소개하고, 육아용품 포스터에서 아이를 안고 있는 것도 엄마다. 판검사는 남자, 먼지떨이를 들고 있는 주부는 여자로 그려진 한글 카드를 보면서 아이들은 배운다. 익숙해서 미처 의식하지 못한 새에, 우리는 여성을 여성답게 하고 남성을 남성답게 하는 수많은 콘텐츠에 무방비하게 노출된다.

아이가 태어나서 처음으로 접하는 우리 집은 곧 세상의 기준이 된다. 나는 어릴 때 남자 아이들이 나를 괴롭히는 걸 어른들이 "좋아해서 그래"라고 말하는 게 너무 싫었다. 하지만 좋아해서 그런다는데 뭘 어쩌겠는가. 괴롭히는 사람이 나쁜 게 아니라 그 마음을 몰라주는 내가 나쁜 사람이 되는데 말이다. 어쩌면 성인이 된 여성들이 숱한 성희롱에 대해 단호하게 표현하지 못하는 이유는 어릴 때부터 'NO'를 제대로 배우지 못했기 때문일지도 모르겠다.

남성들만 여성혐오를 하는 것은 아니다. 우리 부모님 세대는 아들, 딸을 성별을 떠나 있는 그대로의 이런 아이로 보는 데에 익숙하지 않았다. 남자애는 울면 안 되고, 여자애는 몸가짐을 조신하게 해야 했다. 여성들도 그리고 심지어 엄마들도 여성혐오를 해왔다는 말이다.

우리의 부모님은 페미니스트가 아니었고, 내 또래 친구들은 엄마로부터 자존감을 깎는 말을 들은 경험을 흔하게 가지고 있었다. 너는 코가 낮아서 문제라든가, 여자가 몸을 함부로 하면 안 되니까 빨리 집에 들어오라든가, 화장을 좀 해야 하는 거 아니니? 같은. 결혼 후에도 며느리인 내가 시댁에서 싹싹하게 굴고 예쁨 받도록 노력해야 한다고 생각하는 우리 엄마는, 둥글게 굴지 않는 딸을 지켜보며 내심 불안해했다.

30대를 지나고 있는 나는 이제 우리가 부모 세대가 되어가고 있다는 것을 체감한다. 아이들에게 무엇을 알려줘야 할까? 내향적인 아이의 성격을 인정하면서도 한편으로는 세상 풍파를 견디지 못하는 소심한 아이가 될까봐 걱정스러운 것처럼, 여성스러움을 강요하지 않으면서도 그것이 과연 살아가는 데 도움 되는 일인지 염려스럽다. 아이가 친구들 사이에서 유별나게 보이거나 그 탓에 인간관계에서 어려움을 겪지 않도록 어른들이 도와줄 수 있을까? 이 아이가 자랐을 때 예쁜 외모가 경쟁력인 시대는 과연 끝나 있을까? 친구들과 만나 고민하다 보면 무엇 하나 명쾌한 해답이 나오지 않는다.

우리가 이미 당연하게 여기고 살아온 것들 중 무엇이 옳고 그른지, 어떤 속도로 얼마나 바꿔야 하는지 명료한 답이 나와 있지 않다. 당장 우리도 답을 모르는 문제가 많고, 배워오지 않아서 어떤 게 좋은 롤 모델인지 알 수 없다. 게다가 내가 주관대로 설명하는 문장이나 교육에 확신을 얻을 수 있는 데이터도 너무나 부족하다.

그럼에도 부모가 살아가고 있는 세계는 아이들에게 습득된다. 성별이 아니라 그 사람이 가진 것을 있는 그대로 받아들이는 데에서부터 시작하는 교육이 필요하다는 것만큼은 기억하고 싶다. 가정에서뿐 아니라 교육 기관에서, 자라나며 점점 넓어지게 되는 세상에서. 그래서 다음 세대에서는 적어도 우리가 잘 해나가고 있는 것과, 잘못 이어온 것들의 경계를 찾는 눈을 조금 더 많은 사람들이 갖게 되기를 바란다.

우리가 모든 타인을 이해할 수는 없겠지만

내 남편은 페미니즘에 관심 없다. 내가 축구 경기나 수많은 차종에 관심 없는 것과도 비슷했다. 내게 페미니즘이 필요했던 많은 순간들은 나의 사정일 뿐, 그가 해결해야 할 문제가 아니었다. 저 멀리 동떨어진 세계에서 일어나는 일이 우리 두 사람의 관계에까지 영향력을 가질 리 없다고, 그는 막연하게 믿는 듯했다.

하지만 내 생각은 그와 조금 달랐다. 결혼 후 남편이 나에게 했던 말 중에서 가장 내 속을 뒤집어놓는 문장은 바로 이것이었다.

"신경 쓰지 마."

“며느리 얼굴 보기 참 힘들다”는 시부모님의 언질도, “이번 제사 때는 내려와라” 하시는 메시지도, “내 아들은 부엌에 안 들어가게 키웠다”는 자랑 섞인 말씀도 남편에게는 신경 쓰지 않으면 될 문제였다. 택시 기사님의 “혼자 살아요?”와 직장에서의 “남자들은 터놓고 말하는데, 여자들은 뒤에서 욕하죠?” 따위의 친절한 발언들도 마찬가지였다. 그냥 흘려 들으면 될 것을 왜 일일이 예민하게 받아들여 스트레스를 받느냐고 그는 의아해했다.

그가 이토록 너그럽게 굴 수 있는 것은 사소한 일에 일희일비하지 않을 수 있는 바다처럼 넓은 마음을 타고나서가 아니었다. 어른들이 어린이들의 고민이나 10대 청소년들의 작은 다툼을 웃어넘길 수 있는 것은, 그 시기 아이들이 어련히 겪는 일이라 여기거나 학교라는 집단을 벗어나면 일어나지 않을 일이라는 것을 알고 있기 때문이다. 당사자들에게는 세상이 무너지는 것과 같은 심각한 문제라 해도, 어떤 치사한 어른들은 그 세계 바깥의 안전한 테두리에 서서 이성적인 조언을 건넬 뿐이다.

여성으로 살아가면서 흔하게 겪는 불쾌한 일들 역시 마찬가지다. 그는 내 세계에서 일어나는 일들을 굳이 자신의 문제로 인식하거나 해결하려 나설 필요가 없었다. 남녀가 한 쌍의 공동체를 이루어 살아갈 때 일어날 수 있는 많은 일들이 대부분 여성의 책임과 희생을 요구하고 있으나, 그에게는 지구 반대편에서 일어나는 일만큼이나 실감 나지 않는 막연한 불평일 뿐이었다.

비단 그의 문제가 아니라 나를 둘러싼 사회 분위기가 그랬다. "왜 이렇게 예민하게 굴어?"라고 묻는 이들은 몰랐다. 나를 향한 그 모든 말들이 비단 이 순간에만 잠깐 발화되고 사라지는 것이 아니라, 내 모든 일상생활의 밑바탕에 깔려 있으며, 살아가며 맺는 모든 관계 내에서 크고 작은 영향을 미친다는 사실을. 그나마도 "여자가 당연히 신경 써야지"가 아니라, "신경 쓰지 말라"고 말해주는 것에 감사해야 하는지도 몰랐다.

남편이 그토록 페미니즘에 무관심할 수 있다는 것이 나는 부러웠다. 관심이 없다는 것은 그의 삶을 위해 페미니즘이 필요하지 않다는 뜻이었다. 여성들이 문제 제기를 했을 때 자신의 문제를 꺼내들어 대응할 수는 있지만, 굳이 그가 속한 집단의 삶을 개선하기 위하여 남들을 설득하거나 에너지를 쓸 필요가 없었다는 뜻이었다.

그러나 나에게는 페미니즘이 필요했다. 내가 페미니스트인지 아닌지는 중요하지 않았다. 단지 내가 여성, 아내, 며느리 등에게 부여된 틀을 넘어 나라는 주체로서 살아가기 위해서는 세상이 여성을 대하는 방식이 바뀌어야 한다고 믿었을 뿐이다. 손가락에 작은 가시만 하나 박혀도, 그걸 깨닫는 순간 가시의 존재를 지우지 못하고 자꾸만 그곳을 만져보게 되기 마련이다. 예전에는 나 역시 당연한 줄 알았던 일들이 여성을 억압해왔다는 걸 깨닫고 나서도 잠자코 세상이 강요하는 한계를 받아들일 수는 없었다.

물론 어릴 때부터 몸에 조금씩 스미듯 부여된 고정관념과 편견에서 자유로워지는 것이 결코 쉽지만은 않았다. 전혀 관계없는 세상을 살아가던 남편에게는 더더욱 낯선 일이었을 것이다. 1과 1을 더하면 2가 되는 것만큼이나 당연한 것을 일일이 그에게 설명해야 했고, 열심히 설명해도 그는 납득하지 못할 때가 많았다. 심지어 내가 말을 꺼내면 당연히 깊게 공감하고 이해할 줄 알았던 그가 방어적인 태도 혹은 부정적인 반응을 보일 때마다 나는 당황하고 때로는 좌절했다.

그러나 나는 남편이 내가 '여성'이라는 이유만으로 부딪치는 벽들에 대해 한 뼘씩이라도 더 이해해주기를 바랐다. 그가 모르는 것을, 또 모르고 살았어도 문제가 없었을 것을 알아주길 바랐다. 사람과 사람이 만나는 것은 두 개의 세계가 겹쳐지는 일이라고 한다. 우리가 세상의 모든 타인을 이해할 수는 없으나 적어도 내가 사랑하는 사람이 어떤 세상을 살아가고 있는지 들여다보려 노력할 필요는 있었다.

나 역시 나의 지적을 유난스럽게, 예민하게 여기는 그의 입장을 이해해보려고 노력했다. 그게 나와 상반된 입장을 가질지라도, 남편이 세상을 바라보는 방식과 한국에서 남성으로 살아온 과정에 대해서 입장을 바꿔 생각해보려 했다. 어쨌든 적어도 그가 생각하는 방식은 그의 내면과 가족, 사회, 세계가 모두 섞여 있는 결과물이었다. 그를 사랑한다는 건, 비난하기에 앞서 그의 잠재된 내면을 이해하는 일이었다.

이 책을 마치며, 남편에게 나를 만난 후 달라진 점이 있는지 슬쩍 물었다. 여전히 내게 고개를 갸웃하기도 하고, 때로 공감해주기도 하는 그의 대답은 이랬다.

"나는 너만큼 페미니즘을 이해하진 못하지만, 페미니즘을 통해 네가 가진 기준이나 네가 세상을 바라보는 방식에 대해서 더 이해하게 됐어."

우리는 서로를 개인과 개인으로서 이해할 뿐 아니라 여성, 남성, 며느리, 아들, 사위 등의 역할에 대해서도 사회적인 맥락으로 이해할 필요가 있다. 태평양처럼 넓은 시야로 온 세계를 이해하는 것은 어렵지만, 나와 가장 가까운 연인이나 배우자의 입장이 되어볼 수는 있을 것이다. 내가 겪지 않은 일이라서 잘 모르더라도, 사랑하는 사람의 상황을 미루어 짐작하고 공감하려 노력해볼 수는 있을 것이다. 내가 모르는 이웃들의 어려움을, 넓게는 지난 역사의 상처들을 되짚어 우리는 더 행복해지는 방법을 찾아 발전해왔으니까.

서로의 불편에 함께 의문을 갖는 것만으로도 분명히 우리는 조금 더 평등하고 자유로워질 수 있다. 서로를 불편하게 만들던 가시를 하나하나 빼어 어루만지고자 하는 마음이 있다면, 우리가 서로를 사랑하고 있다면 페미니즘은 갈등이 아니라 하나의 소통 수단이 될 수 있다고 믿는다.

페미니스트까진 아니지만

초판 1쇄 2019년 8월 12일

지은이 박은지
책임편집 임경은
마케팅 김선미 김혜원

펴낸곳 생각정거장 **펴낸이** 전호림
등록 2003년 4월 24일(No. 2-3759)
주소 (04557) 서울시 중구 충무로 2 (필동1가) 매일경제 별관 2층 매경출판㈜
홈페이지 www.mkbook.co.kr
전화 02)2000-2633(기획편집) 02)2000-2636(마케팅) 02)2000-2606(구입 문의)
팩스 02)2000-2609 **이메일** publish@mk.co.kr
인쇄 · 제본 ㈜M-print 031)8071-0961
ISBN 979-11-6484-004-5(03810)

책값은 뒤표지에 있습니다.
파본은 구입하신 서점에서 교환해 드립니다.

이 도서의 국립중앙도서관 출판예정도서목록(CIP)은 서지정보유통지원시스템 홈페이지(http://seoji.nl.go.kr)와 국가자료공동목록시스템(http://www.nl.go.kr/kolisnet)에서 이용하실 수 있습니다.
(CIP제어번호: CIP2019027460)